超雷爆撃機「流星改」1

独逸からの贈り物！

原　俊雄

この作品は二〇一八年一一月に電波社より刊行された『超雷爆撃機「流星改」（1）独逸からの贈り物！』を再編集したものです。

なお本書はフィクションであり、登場する人物、団体等は、現実の個人、団体、国家等とは一切関係のないことを明記します。

目　　　次

第一章　独逸《ドイツ》製・二式飛行艇

1

昭和一六年九月二〇日・フィンランド現地時間で午前七時二五分――。フィンランドにはすでにドイツ軍が駐屯しており、領内はナチス・ドイツの勢力圏下にある。

夜はすっかり明けている。フィンランド北端・北極圏に位置するイナリ湖では、三機の〝巨大なおばけ〟がすでに翼をならべていた。

ドイツで製造された二式飛行艇である。

イナリ湖の広さは琵琶湖の一・六倍はある。北極圏に位置するため、通常一一月から六月初めまでは湖面が凍結する。よってこの時季はいまだ凍結していない。

三機の二式飛行艇はまもなく湖面を蹴って飛び立ち、偏西風に乗って長駆、東へ東へと飛び続ける。東へ飛ぶ最終目的地は、なにをかくそう日本の〝舞鶴《まいづる》〟だった。

イナリ湖から舞鶴までの直線距離はおよそ三六〇〇海里（約六六六七キロメートル）。二式飛行艇の航続力は三八八〇海里もあるので、机上の計算では充分にたどり着くことができる。ただし今回とは逆に〝日本から〟ドイツへ向かって飛ぶのはかなり難しい。その場合は偏西風に逆らって飛ぶことになるからだ。

それと、決して見過ごせない〝大きな障害〟がもうひとつある。

六月二二日にはすでに「独ソ戦」が勃発しており、舞鶴へ向かう三機はその途中ソ連の領空を侵犯しなければならない。万一ソ連軍に撃ち落とされても文句は言えないのだ。

したがって三機は、ソ連の領空上を飛ぶときは極力、夜間飛行でゆく必要がある。そのためには午前七時三〇分を期してイナリ湖から飛び立つ必要があった。

三機の二式飛行艇は一時間以上も前から入念な整備をおこない、万全の状態ですでにエンジンを始動している。計算上は充分に舞鶴へたどり着くことができるが、むろん三機とも三六〇〇海里もの距離を実際に飛ぶのは、これがはじめてのことだった。

――日本へたどり着くまで、本当にガソリンが持ってくれるだろうか……。

発進を目前にして、一番機の機長で主操縦士の橋爪寿雄《はしづめとしお》大尉もさすがに胸の高まりを抑えきれずにいたが、もはや後戻りはできない。彼はすでに覚悟を決めていたし、途中エンジン・トラブルなど、不測の事態におちいった場合に備えて、その対応策もきっちりと考えていた。

——風向きによっては、ガソリン切れとなり舞鶴までたどり着けない可能性もあるだろうが、とにかく二五〇〇海里ほど飛ぶことができれば、なんとかできる！

そのとおりだった。

最終目的地の舞鶴までは三六〇〇海里もの距離があるが、最悪でも二四四〇海里を前進することができれば、日本の支配地である満州北端へはたどり着けるのであった。

三機の二式飛行艇は、レーダーをはじめとする電波兵器や航空エンジン、工作機械、高性能炸薬など、ドイツの最新兵器を満載している。

いや、それだけではない。二番機と三番機にはフォッケウルフ社の航空技師クルト・タンク氏とテレフンケン社のレーダー技師ハインリッヒ・フォーデルス氏も同乗していたので、橋爪は万難を排してこれら列機を先導し、なんとしても日本にたどり着く必要があった。

幸いエンジンは絶好調だ。

時間はあっという間に過ぎ、いよいよその時が来た。午前七時三〇分ちょうど。橋爪は時計から目を離して前方を見すえ、愛機のエンジン出力を上げてついに発進を命じた。

2

話は一年ほどさかのぼることになるが、ドイツで二式飛行艇が造られた、その経緯を説明しておく必要がある。

昭和一五年九月に「日独伊三国同盟」を締結すると、帝国海軍はドイツに軍事使節団を派遣することにした。

折しも帝国海軍は、艦上爆撃機と艦上攻撃機の機種統一をめざしており、三国同盟の締結を機にドイツのユンカースJu87シュトゥーカ爆撃機を参考にして〝新型艦上雷爆撃機〟の開発に挑もうと考えていた。参考にすべきシュトゥーカは五〇〇キログラム爆弾を搭載しての急降下爆撃が可能で、しかも〝雷撃も可能である〟と聞かされていた。それに現在主力の艦上爆撃機・九九式艦爆は二五〇キログラム爆弾しか搭載できないため、いかにも物足りなかった。

艦爆と艦攻を機種統一するには、優秀な航空エンジンと洗練された機体が必要になる。そこで海軍航空本部は、同盟締結を機にドイツの最新技術を取り入れようと考えたのだ。

海軍省および軍令部はさっそく軍事使節団の人選に取り掛かったが、そんななか一二月には一三試飛行艇（のちの二式飛行艇）の試作一号機が完成し、試験飛行にこぎつけた。そして、同機の長大な航続力をもってすればドイツから日本への飛行が計算上は可能になるので、そのことに目を付けた海軍航空本部は俄然《がぜん》〝一三試飛行艇を利用してやろう〟と考えたのだった。

――この〝ばけもの〟ならドイツ占領下のポーランドあたりから満州まで一気に飛べるのではないか……。

最初にそう思い付いたのは航空本部長に就任したばかりの井上成美《しげよし》中将であった。井上成美は昭和一五年一〇月一日付けで航空本部長に就任していた。

しかしそれには、この一三試飛行艇をドイツで造る必要がある。井上は最初〝われながらこどもじみた考えだ〟と思い、一旦はそのことを忘れていた。けれども、航空技術廠長の和田操《みさお》少将が会うたびごとに「一三試大艇を早急に完成させる必要があります！」と力説するので、井上はある日そのことを〝ふと〟思い出し、和田に向かって聞いてみた。

「ドイツで〝これ〟を造れないだろうか？」

すると和田は、にわかに目をまるくし、ひざをたたいて感嘆した。

「ああ……、なぜ私は今まで、そのことに気づかなかったのでしょう……」

一三試大艇についてはドイツの手を借りずとも完成させる自信はあったが、新型雷爆撃機の開発に頭を痛めていた和田操は、井上の言葉を聞いてにわかにピンときた。

――一三試大艇をドイツで生産すれば、ドイツの最新技術をいつでも日本へ輸送できる！

もちろん最新の航空エンジンも輸送できるはずなので、ダメでもともと。和田は本部長の井上を口説いてドイツに二式飛行艇の開発を働き掛けることにし、井上も和田の熱意にほだされて、結局同意したのであった。

ところで、海軍の軍事視察団は、特務艦「浅香丸《あさかまる》」に乗り、パナマ運河経由でドイツへ向かうことになっていた。

そこで井上は、五基の火星一一型エンジン（二式飛行艇のエンジン）を「浅香丸」に積み込ませて、海軍視察団・第二班長（航空担当）の酒巻宗孝《さかまきむねたか》少将に二式飛行艇の設計図も持たせた。酒巻は生粋の飛行機乗りで航空が専門。ドイツ最新の航空技術は酒巻が中心となってドイツ側からレクチャーを受けることになっていた。

善は急げということで、出発は一ヵ月ほど早められ、視察団一行を乗せた「浅香丸」は、一二月一六日に横浜から出港、昭和一六年一月二〇日にはポルトガルのリスボンへ入港した。

そして、海軍の視察団は一月二四日に飛行機でベルリンへ到着し、酒巻は、ベルリンで催された懇親会の二日目・一月二六日に、ドイツ空軍のエアハルト・ミルヒ元帥と話し合う、絶好の機会にめぐまれた。

ミルヒ空軍元帥は、国家元帥（空軍元帥より格上）のヘルマン・ゲーリングに請《こ》われてドイツ空軍省へ入り、ちょうど今年（一九四一年）から航空機総監として空軍の装備開発や生産を統括するようになっていた。

酒巻が〝この機を逃すものか〟と二式飛行艇の協同開発を申し出ると、驚くべきことにミルヒ元帥は、もろ手を挙げてこれに賛成してくれた。

「それは願ってもない話だ……。是非ともやりましょう！」

じつのところミルヒは、前々から極東への直通飛行を計画しており、アドルフ・ヒトラー総統の同意もすでに得ていたのだった。

酒巻の話を聞いて二式飛行艇の長大な航続力に感心したミルヒは、みずから進んで「発進地の選定は我々ドイツ側にお任せいただきたい」と申し出た。渡りに船とはまさにこのこと。むろん酒巻に異存はなく、翌月には早速フォッケウルフ社で二式飛行艇の開発が始まった。

ミルヒ元帥が二式飛行艇の開発製造メーカーをフォッケウルフ社に指定したのにはれっきとした理由があった。フォッケウルフ社はすでに長距離輸送機Ｆｗ２００コンドルの製造に成功していたし、同社には、もともとは飛行艇の製造、開発に携わっていたクルト・タンク航空技師が在籍していた。ミルヒは〝タンク技師の経験を活かせるだろう〟と考えたのだ。

またミルヒ元帥は、Ｆｗ２００コンドルの後継機となる長距離輸送機Ｊｕ２９０の開発をすでにユンカース社に命じており、ミルヒは二式飛行艇を、Ｊｕ２９０が開発に失敗したときの〝保険にしてやろう〟と考えたのだった。

フォッケウルフ社での開発はとんとん拍子に進んだ。「浅香丸」には五基の火星エンジンが積まれていたので、その一基を分解してドイツ製のエンジンを複製し、残る四基をそのまま試作一号機に採用した。同時に機体の設計図も日本から届いており、クルト・タンクはそれをほぼ忠実に再現することにした。

タンクはエンジンと機体の優秀性をすっかり認め、下手に改造しないほうが〝得策である〟と考えたのだ。その優秀性を証明するようにして日本ではひと足はやく、三月二六日に試作一号機が完成、帝国海軍に領収された。

前年一二月に日本でおこなわれた初飛行では離水時の飛沫によって〝プロペラが曲がる〟という不具合を生じたため、三月二六日に完成した一号機は、機体の小改造と波押さえ装置（通称・かつおぶし）を装備することで飛沫を押さえることに成功。〝かつおぶし〟の装備が必要なことはフォッケウルフ社にもただちに伝えられ、改良されたドイツ製の一号機は六月二二日に日本よりおよそ三ヵ月後れで試験飛行に成功した。

そしてちょうどこの日、ドイツ軍がソ連領内へ進攻し「独ソ戦」が始まった。

ミルヒ元帥も当初二式飛行艇の発進地をドイツ占領下のポーランドかブルガリアあたりで検討していたが、独ソ戦の開始を受けて七月一〇日にはフィンランドも枢軸国側に加わったので、その北端・北極圏に位置するイナリ湖がにわかに最有力候補として浮上したのである。

ドイツ製一号機は日本製のそれと遜色ない性能を発揮し、酒巻宗孝もこれで〝最低限の仕事はできた〟と満足した。

ところがフォッケウルフ社は、酒巻が予想した以上の仕事をあっさりとやってのける。タンクの開発チームは、ＢＭＷ社と協力して火星エンジンを改良したドイツ製のエンジン八基を六月までに完成させており、それを搭載した二号機と三号機を八月中に造ってしまったのだ。

しかもＢＭＷ社製の火星エンジンは、離昇出力が本来の一五三〇馬力から一六〇〇馬力に向上していた。これは、まさにドイツの優秀な工作機械の成せる業に違いなかったが、なによりドイツ空軍がこの開発を全面的に後押ししてくれた結果にほかならなかった。

酒巻は、ミルヒ元帥のもとを訪れ、あらためて感謝と喜びの気持ちを伝えた。

一機でも日本へ飛ばすことができれば〝御の字だ〟と酒巻は考えていたが、それが望外にも三機に増えたのだ。ミルヒ元帥は酒巻の謝辞に快《こころよ》くうなずいたが、彼は微笑みながら、酒巻が思いもよらないことを続けて言い放った。

「完成した三機と一緒に、タンク氏と……それにテレフンケン社のフォーデルス技師も日本へ遣《つか》わしましょう」

酒巻はおどろいた。これは〝わが海軍の航空兵器を一変させることになるかもしれないぞ！〟と思い、にわかに絶句、酒巻は感激のあまり目をうるませたのだった。

3

ドイツ製・飛行艇三機の日本到着は早ければ早いに越したことがない。にもかかわらず、出発日を九月二〇日に後らせたのには理由があった。

秋分の日が近づき、これから日を追うごとに夜の時間が長くなってゆく。その分、ソ連上空での夜間飛行がやりやすくなるのだ。

午前七時三〇分。橋爪大尉の一番機が湖面を蹴って上昇し始めると、それに続けとばかりに二番機、三番機も滑走を開始した。場所は言うまでもなくフィンランドのイナリ湖である。

橋爪大尉の一番機には酒巻宗孝少将が同乗している。二番機の機長は帝国海軍の笹生《ささお》庄助《しょうすけ》中尉が務め、三番機の機長はドイツ空軍のクルーガー中尉が務めていた。クルト・タンク技師は二番機に乗っており、ハインリッヒ・フォーデルス技師は三番機に乗っている。

三機の飛行艇はイナリ湖から予定時刻どおりに発進した。

まずは北極圏のバレンツ海、次いでカラ海を飛び越えるので、針路は東北東、三機は高度四〇〇〇メートルまで上昇し、まもなく巡航速度の時速一六〇ノットを維持して飛び始めた。

イナリ湖と日本の時差はちょうど七時間。三機が発進したフィンランド時間の午前七時三〇分というのは、日本時間で九月二〇日・午後二時三〇分のことだった。順調にいけば、三機は今から二二・五時間後の九月二一日・午後一時ごろに舞鶴へたどり着くことになる。発進からおよそ六時間後の午後一時四五分ごろ(フィンランド時間)には、ソ連領内へ進入するので、それから満州上空へ抜けるまでの九時間ほどが勝負だった。

三機は日の丸ではなくハーケンクロイツ(鉤十字《かぎじゅうじ》)を背負っている。万一ソ連軍に撃ち落とされた場合には、ドイツ機が領空侵犯をおかしたことにするためだ。日本はソ連と中立条約を結んでいるので〝ソ連を刺激する〟と恐れた帝国陸軍がドイツ国籍機としての飛行を求め、ドイツ側もこの条件を受け容《い》れていた。

エンジンは快調だ。出発前の入念な下準備が功を奏したに違いなく、三機はなんのトラブルもなく、ぐんぐん東進して行った。

フィンランド時間で午後一時四五分。橋爪機は予定どおり一〇〇〇海里の距離を前進し、いよいよソ連領内へ侵入した。二番機と三番機もぴたりと後方に張り付いている。

周囲はまだ明るい。出発地フィンランドと現在地シベリアの時差は三時間三〇分なので、現在飛行中のシベリアでは、すでに午後五時一五分をまわっていた。午後六時には日没を迎えるので、薄暮が終わるまでのこの一時間ほどがまさに正念場である。

とはいえ、現在飛行中の北シベリア低地は一面の銀世界でまったく人気《ひとけ》がない。ソ連軍もさすがにこのような僻地には対空レーダーを設置しておらず、ソ連軍戦闘機が迎撃に現れるような気配はまったくなかった。

あたり一面、抜けるような青空で視界は欲しいままだ。太陽の日差しは弱く、見下ろす大地は茫洋としている。注意すべきものはなにも見当たらないが、橋爪らはそれでも厳重な警戒態勢を敷いて飛んでいた。

速度は依然一六〇ノット。三機は東へ東へと突き進んでいるため、太陽は、はるか西のカラ海へ急ぐように沈んでゆく。

そして、ついに日没を迎えて、周囲が暗闇につつまれた。時刻は午後六時一五分になろうとしている。まずは、夜陰にまぎれて第一の関門を突破し、橋爪はほっと胸をなでおろした。

ようやく夜間飛行に入り、これでソ連機にやられる心配はほぼなくなった。そう確信すると、橋爪は早めに仮眠をとることにし、操縦を副操縦士の中本飛曹長にゆずった。

橋爪機以下の三機は今、中央シベリア高原の上空に差しかかろうとしている。中本はそれまで眠っていたので目が冴えている。彼もまた充分に計器飛行の訓練を積んでいた。

二番機、三番機でも操縦士が交代し、三機はたっぷり四時間ほどついやして中央シベリア高原の上空を飛び越えた。

そろそろ第二の関門・レンスクの街が近づいている。レンスクは飛行経路上にあるソ連最大の都市で、人口はおよそ二万人。ダイアモンド採掘のために拓かれた街で、近くには小規模ながら飛行場も存在する。中本はより注意深く飛んだが、依然として敵機が現れる様子はなかった。

夜はまだ明けていない。三機がレンスクの上空を通過したのはイナリ湖を発進してからちょうど一二時間が経過したときのことだった。時刻はレンスク現地時間で九月二一日の午前一時をまわっていた。

──よし、第二の関門を突破した！　あと三時間ほどでいよいよ満州だ……。

中本は心のなかでそうつぶやき、それからしばらくすると、機長の橋爪が目を覚ました。

「……どうやら順調のようだな？」

「はい。一〇分ほど前に無事レンスクの上空を通過しました。あと三時間弱で満州の上空へ到達いたします！」

橋爪はその答えに〝よし〟とうなずき、中本と交代して再び操縦桿をにぎった。

そして満州現地時間で九月二一日・午前四時四五分。三機のドイツ製・二式飛行艇は夜が明ける前にまんまと満州の上空へ進入した。

それから一〇分ほどすると、周囲が白み始めてきた。まさに計算どおり満州へたどり着くことができたので、橋爪もこれでいよいよ安堵の表情をうかべた。

──よし、もはや敵機の迎撃を気にする必要はない。もう安心だ！

そうとは知らない中本は、もはやすっかり眠りのなかに落ちていた。

満州と日本の時差はちょうど一時間。このまま順調にいけば、今からおよそ七時間後の正午（日本時間では午後一時）には予定どおり舞鶴にたどり着く。ただし、愛機の〝ガソリンが残っていれば〟の話である。

午前五時一八分。東の空にいよいよ太陽が昇って来た。まばゆい陽光を受け、橋爪はあらためて地上の様子をじっくり観察した。

愛機は今、南南東へ向けて飛んでいる。その先にはむろん日本列島が在《あ》るはずだ。航空図を広げてよく見ると、眼下に流れる大きな川は、黒竜江《こくりゅうこう》（アムール川）の支流で間違いなかった。

――よし、もはや疑いない！　ここはまぎれもなく満州だ！

橋爪はそう確信すると、燃料計をみた。

ガソリンはまだ三分の一ほど残っている。橋爪機はすでに二五〇〇海里の距離を前進して来たので、舞鶴までの距離はあと一一〇〇海里ほどとなっている。

――このぶんだと、どうやら予定どおり舞鶴にたどり着けそうだ……。

エンジンは四基とも機嫌よく動いており、橋爪はこれでいよいよ〝成功〟を予感した。眼下には満州の大地が広がり、視界も良好だ。

それから、たっぷり二時間三〇分ほど飛び続けると、ハルビンの街が見えてきた。満鉄の駅と線路がはっきりと見える。

すると、それに気づいた酒巻少将が後ろから声をかけてきた。

「今のはハルビンだね？」

「はい。ここまで来ればもうひと安心です」

橋爪がそう答えると、酒巻少将も〝よし〟と大きくうなずいた。

二人の会話を聞いて中本が目を覚ます。時刻は午前七時四五分になろうとしていた。日本時間では午前八時四五分なので、あと四時間ちょっとで舞鶴にたどり着くはずだ。

「代わりましょうか？」

中本が気を利かせてそう申し出たが、橋爪は軽く右手を挙げ、それをやんわり断った。

「いや、日本海へ出てからでいい」

そして、午前九時一〇分には、行く手に海が広がってきた。日本海である。日本時間では午前一〇時一〇分なので、あと三時間足らずでいよいよ舞鶴に到着する。

橋爪は中本に操縦をゆずり、ふり向いて酒巻少将に報告した。

「今、日本海へ入りました。二番機、三番機も続いております。エンジンは快調ですし、ガソリンも持ちそうです」

酒巻がうなずき機窓からのぞき見ると、その言葉どおり、二番機と三番機もきっちり翼をつらねていた。天気も三機を歓迎しているようで、空はからりと晴れていた。

それから四〇分ほどすると、中本がはるか前方を指さし、橋爪に報告した。

「機長、見てください。どうやら〝お迎え〟が来たようです」

それに応じて橋爪が目をこらすと、なるほど前方から一機の水偵が現れ、さかんにバンクを振っている。

「おう、舞鶴航空隊の水偵に違いない。ならばあとは、彼らに任せよう」

橋爪の眼にくるいはなく、舞鶴鎮守府司令長官の小林宗之助《そうのすけ》中将が一行の飛来を予想して、水偵一機に出迎えを命じていたのだった。

水偵の先導を受け、中本は計器飛行のわずらわしさから解放された。たっぷり睡眠も採っていたので、この男はもはや遠足にでも出かけたような気分になっていた。

それはよかったが、先導役を買って出た水偵のほうは、じつは大変だった。零式水偵の巡航速度は時速一二〇ノットなので、彼らは二式飛行艇の速度に合わせて四〇ノットも速く飛ばねばならない〝はめ〟になった。

この〝おばけのような飛行艇〟はいまだ海軍で制式採用されておらず、発進前に〝これだけの速度差がある〟ということを、水偵搭乗員に教えてくれる者はだれもいなかった。先導役を買って出たのはよかったが、水偵は不本意ながらガソリンの浪費に目をつむり、意地でも一六〇ノットで飛び続ける必要があったのだ。

橋爪がようやくそのことに気づいて、ぼそりとつぶやいた。

「おい。水偵はこちらに合わせて無理して飛んでいるのじゃないか……」

ところが、中本はいい気なものだった。

「いやあ、われわれの苦労にくらべれば、大したことはありません。これぐらいの苦労は買ってでもしてもらいましょう」

中本が言うとおり、先導役をみずから買って出たのは、まさに水偵のほうだった。しかも、舞鶴までの距離はもはや二〇〇海里を切っている。時間に換算すると、あと一時間とちょっとだ。水偵は優に一〇〇〇海里以上の航続力があるので、橋爪も〝それはそうだ〟と思い、中本の言い分にうなずいた。

ほどなくして正午（日本時間）を迎えた。あと一時間で舞鶴だ。三機の期待にたがわず、水偵はまだがんばっている。橋爪が「やるな……」とつぶやくと、中本はにこにこ笑いながら無言でうなずいた。

時刻は午後零時三〇分を過ぎ、舞鶴までの距離はいよいよ八〇海里を切った。

ガソリンは充分に残っており、もはやここまで来れば、航法を誤るほうが難しいくらいだ。

すると、前方をゆく水偵がにわかに速度を低下させ、三〇〇メートルほど開いていた距離が一気に一五〇メートルほどに縮まった。

橋爪がとっさに命じる。

「いかん。追い抜くな！」

中本は即座に応じ、愛機の速度を俄然一二〇ノットまで下げた。

水偵は左へよけて橋爪大尉の一番機に針路をゆずろうとしていたが、直後に橋爪機も速度を落としたので、両機はしばらく並走するような格好で飛ぶことになった。

二番機、三番機も橋爪機に合わせて速度を低下させている。

そしてよく見ると、水偵の操縦員はバツが悪そうに頭をかいている。どうやらガソリンの残量に不安があるようだ。それに気づいた橋爪は、中本にもう少し速度を落とすよう命じ、水偵に向かって手を挙げ〝先にゆけ！〟と合図した。今度は三機が水偵の速度に合わせて飛び、橋爪は、彼らにあくまで〝花を持たせよう〟というのだった。

その思いが伝わり、水偵はバンクを振りながら再び三機の前へ出る。速度を低下させたので、二式飛行艇はその分、ガソリンを多めに消費することになるが、水偵の先導を受け続けたほうが〝確実に舞鶴へたどり着くことができる〟と橋爪は判断した。

ガス欠の不安が解消されたせいか、水偵はより溌剌と飛んでいるように見える。その後方へぴったりと付くだけでよいので、中本はふたたび操縦に専念することができた。

針路は南南東、速度は一二〇ノットを維持して飛んでいる。

そして二五分ほど飛び続けると、はるか前方におぼろげながら山影が見えてきた。

「に、日本列島です！」

中本が思わず声を上げたが、橋爪にはまだよくわからない。

しかし一分もすると、橋爪にもそれが丹後の山なみであることがわかった。その下、水平線近くでは大きな入り江が口をあけている。

「ああ、日本だ。……若狭湾《わかさわん》に違いない」

橋爪もそうつぶやいたが、もはや航空図で確認するまでもなかった。

橋爪は故郷・日本の山をしみじみと眺め、中本も水偵の先導のおかげで、そのなつかしい風景をゆっくり堪能することができた。

いや、彼ら二人だけではない。酒巻少将もつい操縦席へ上がって身を乗り出し、二人の肩越しにつぶやいた。

「ついに帰って来たな……。いやあ、ご苦労。やっぱり日本はいいな……」

その言葉が胸に染み入り、橋爪と中本は大きくうなずいた。

やがて、水偵が徐々に高度を下げ、続く三機も大きな湾口へすい込まれて行った。

丹後半島・経ヶ岬《きょうがみさき》の先を突っ切って若狭湾へ進入、四機は湾の右寄りに針路を執って、さらに高度を下げた。

海岸線はいよいよ入り込み、四機はその奥深くに在る舞鶴湾をさらにめざす。高度はもはや一〇〇〇メートルを切っていた。

そして、ついに湾口・金ケ岬《かねがみさき》の上空を飛び越えて、四機は舞鶴湾の上空へ進入した。

続けて水道上空を突っ切ってゆくと、眼下に戸島《としま》が見え、その先にめざす水上機基地もしっかり確認できた。

高度はいよいよ下がり三〇〇メートルを切っている。が、水偵のみは単機、上昇に転じ、軍港の上空でゆっくりと旋回し始めた。

——ははあ、なるほど。我々飛行艇三機を先に着水させようというのだな……。

橋爪は快く、その厚意を受けることにした。

橋爪機はいよいよ高度を下げ、埠頭へ向けてすべり込んでゆく。

中本の飛行術は安定感抜群で、橋爪も安心してその操縦に身をゆだねた。

やがて、それらしい衝撃もなく水しぶきだけがほとばしり、橋爪機はまさにすべり込むようにして着水。泊地へ舞い下りた同機は、プロペラを回転させたまま埠頭近くまで移動し、ほどなくしてエンジンを停止した。

それは、絵にかいたような着水法で、じつに見事な操艇だった。

時に日本時間で午後一時一一分。まず橋爪大尉の一番機が無事に舞鶴へ到着し、続いて二番機と三番機も、午後一時一五分ごろに相次いで泊地へすべり込んだ。

先導役の水偵もしんがりで難なく着水し、橋爪機が完全に停止すると、酒巻少将が二人の労をねぎらい、声を掛けてきた。

「いやあ、よくぞ大任を果たしてくれた。こう上手くいくとは思ってもみなかった。きみたちのおかげだ。……で、どうかね？」

「エンジン、機体ともすこぶる健全で、なんの不具合も出ておりません。この飛行艇は間違いなく世界一です！」

橋爪はそう評したが、酒巻は、うなずきながらも、なお聞き返した。

「うむ、世界一に違いない。……で、ガソリンの残量はどうかね？」

じつは酒巻が一番聞きたかったのは、そのことだった。

橋爪もすぐに〝そうだ〟と思い直して燃料計に眼をやった。

「いや、驚きました。まだ一〇〇〇リットル近くも残っております。さらにあと二〇〇海里は飛べそうです」

先頭を飛び最も負担を受けた一番機でさえこれほどの燃料が残っているのだから、終始その後方で飛んでいた二番機と三番機はより少ない燃料消費で済んでいるはずだった。そして事実、二番機と三番機には、一二〇〇リットルものガソリンが残っていたのである。


ドイツ製・二式飛行艇によるフライトは大成功をおさめた。三機はドイツの最新兵器などを無事に日本へ輸送することができた。

二番機からクルト・タンク氏、三番機からハインリッヒ・フォーデルス氏も降りて、今、日本の大地を踏みしめた。

それを見て酒巻も荷物を手早くまとめ、埠頭へ駆け上がる。

そして酒巻は、まず二番機の機長・笹生中尉にねぎらいの言葉を掛け、続いて三番機の機長・クルーガー中尉にも声を掛けた。

「ありがとう。ご苦労さまでした」

クルーガーは疲れた様子もなくこれに笑顔で応え、長駆大飛行を成し遂げたその表情は潑剌としていた。

酒巻はさらに両技師のほうへと近づき、丁重に声を掛ける。

「ようこそ日本へお越しくださいました。お疲れではございませんか？」

「いいえ、疲れはまったくありません。すばらしいフライトでした」

まずタンク氏がそう応え、フォーデルス氏も同様に応じた。

「疲れはありません。飛行機での旅を存分に楽しませていただきました」

「いえ、お疲れでしょう。すぐに宿舎までご案内いたします。明日は東京へ参りますが、よろしくお願いいたします」

酒巻がそう言いながら握手を求めると、両氏はそれに快く応じたのである。

第二章　クルト・タンクの提言

1

ドイツ空軍省がフォッケウルフ社に対して〝新型戦闘機〟の開発を命じたのは、Fw200コンドルが初飛行に成功して間もない一九三七年秋のことだった。

ドイツ空軍の主力戦闘機はいわずと知れたメッサーシュミットBf109だが、Bf109だけでは、イギリス空軍に〝手のうちを読まれる〟とドイツ空軍の参謀らは考えた。

――フォッケウルフ社のクルト・タンク技師に新型戦闘機の開発をやらせてみよう。彼は双発戦闘機Fw187や四発旅客機Fw200コンドルを開発し、見事な手腕を発揮した。

なるほどクルト・タンクは、それまで〝二流の航空機メーカー〟とみなされていたフォッケウルフ社を、ユンカース社やハインケル社、メッサーシュミット社などと肩をならべるまでに成長させた、その立役者であった。

ドイツ空軍から〝新型戦闘機〟の開発指示を受けたタンクは、これまでの常識にとらわれず搭載エンジンに〝空冷式〟を採用することにした。優秀な戦闘機の第一条件は、いうまでもなく高速性能である。液冷エンジンに比べて表面積の大きい空冷エンジンは高速を発揮するのに不利となるため、戦闘機設計者の多くが空冷エンジンの採用を敬遠してきた。

ドイツの主力戦闘機メッサーシュミットやイギリスの主力戦闘機スピットファイアも当然のように液冷エンジンを採用していた。

けれども、タンクの発想はおよそ違った。

――BMWの空冷エンジンは馬力に余裕があるため、前面抵抗の不利を充分におぎなえる。しかも空冷エンジンは整備に手間が掛からず、量産に向いている。またダイムラー・ベンツの液冷エンジンは、メッサーシュミットやハインケルなど既製の量産機のほうへ優先的にまわされて、フォッケウルフに優秀な液冷エンジンが提供されるとは限らないだろう……。

そう考えたタンクは、思い切って搭載エンジンに空冷式のBMW139を採用し、そのうえで新型戦闘機の開発に乗り出した。のちに優秀機として名をはせるフォッケウルフＦｗ１９０戦闘機である。

タンクには確信があった。彼自身がきわめて優秀なパイロットであり、みずからの経験を活かして、速度と操縦性のかね合いに力点をおいて開発すれば、戦闘機の開発競争に〝必ず割り込めるに違いない〟という確信である。

ＢＭＷ１３９は本来大型機用のエンジンだったが、タンクの直感は見事に的中し、このエンジンは馬力増加のための余裕を持っていた。

改良型の「ＢＭＷ８０１」が一九三九年四月に完成すると、それに応じてＦｗ１９０戦闘機の開発も進み、ＢＭＷ８０１を装備した一号機は一九四〇年初春には初飛行に成功した。

最大速度・時速六〇〇キロメートルを記録したその高性能に驚き、ドイツ空軍省もフォッケウルフＦｗ１９０を、メッサーシュミットＢｆ１０９の補助から、次期戦闘機の筆頭候補に格上げするほどの変わり様だった。

しかし残念ながら、ドイツ空軍省の見込み違いの所為《せい》でＦｗ１９０の量産体制はいまだ充分に整っておらず、肝心のバトル・オブ・ブリテン（英本土航空戦）に同機は間に合わなかった。フォッケウルフＦｗ１９０の量産機が本格的に実戦へ投入され始めたのは一九四一年春のことで、ヒトラー総統はそのころにはすでに英本土上陸（あしか作戦）をあきらめて、ソ連への侵攻（バルバロッサ作戦）に舵を切っていたのである。

それはともかく、新型戦闘機Ｆｗ１９０の成功によって、クルト・タンクの名声はこれでいよいよ不動のものとなり、日本の使節団から〝新型飛行艇の協同開発をおこないたい〟という申し出があったとき、航空機総監のエアハルト・ミルヒ元帥は、迷わずクルト・タンクのいるフォッケウルフ社に白羽の矢を立て、二式飛行艇の協同開発を命じた。

いっぽう、タンクにとってもこの話は望むところであった。

クルト・タンクがフォッケウルフへ入社したのは一九三一年七月のことだったが、タンクはその前に、飛行艇製作で有名なロールバッハ社に五年間ほど勤め、飛行艇の設計にたずさわった経験があった。

日本の使節団から飛行艇開発の話が持ち込まれた時点で、Ｆｗ１９０の開発はすでに軌道に乗っており、タンクは、Ｆｗ１９０のほうは主任設計技師のブラーゼルに任せておけば〝問題ない〟と確信することができた。一九四一年二月のこの時点で、初期開発型のＦｗ１９０Ａ－１戦闘機はすでに量産化にこぎつけていたし、さらに改良型のエンジン「BMW801C−2」を搭載したFw190A−2戦闘機の開発もスタートしていたからである。

しかもミルヒ元帥は、日本の使節団から話がある、その前から極東への直通飛行を模索、検討しており、タンクはこの話を聞いたとき〝ユンカース社をも出し抜ける最大の好機が到来した！〟と直感した。周知のとおりミルヒ元帥は、ユンカース社に対して長距離輸送機「Ju290」の開発をすでに命じており、日本と協同開発する〝新型飛行艇〟がもし「Ju290」に先んじることができれば、フォッケウルフ社の株はますます上がるに決まっていた。よだれが出るほどおいしそうなこの話をみすみす〝ふいにする〟という考えはタンクにはなかった。

社長のハインリッヒ・フォッケは技術部長であるタンクを全面的に信頼しており、タンクが「やりましょう」とフォッケ社長の背中を押し、フォッケウルフ社は〝新型飛行艇〟の開発に乗り出すことになった。

こうして二月中旬には「二式飛行艇」の開発がフォッケウルフ社で始まったが、タンクは協同開発を開始してまもなく、「火星一一型エンジン」の燃費の良さと、胴体幅をおさえた同機の斬新な設計に驚かされた。

——日本はてっきり航空後進国だと思っていたが、それはどうやら間違いのようだ……。このエンジンは信頼性が高いし、機体も、じつにおもしろい発想で設計されており、随所に工夫のあとがみられる！

この考えを証明するかのようにして同機の開発はとんとん拍子で進み、離水時に発生する海水の飛沫を〝かつおぶし〟でおさえるという日本人の発想に、タンクはいよいよ驚かされた。

速度性能や操縦安定性も申し分なく、タンクは完成が近づくにつれて、これなら〝Ju290に勝てる！〟と確信し始めた。

事実ユンカース社に先んじることに成功し、六月二二日に一号機が完成したとき、元来、好奇心が旺盛なクルト・タンクはこころから思うようになっていた。

——これに乗って、是非一度、日本へ行ってみたい。……我々が教えるばかりではない。きっとなにか得るものがあるはずだ！

もちろんドイツの技術のほうがまだまだ上に違いないが、好奇心の塊のようなタンクはみずからすすんで〝日本行き〟を申し出て、フォッケ社長は〝仕方のないヤツだ……〟と思いつつもそれを許したのである。

2

日本に舞い下りたクルト・タンクはまず、三週間ほど掛けて日本の航空機メーカーをひととおり視察してまわった。その視察にはドイツ製・二式飛行艇に乗って九月二一日に帰朝していた酒巻宗孝少将が終始同行しており、タンクの話し相手になった。一連の視察のなかでとくにタンクの目をひいたのは、エンジンでは三菱の「金星」と中島の「誉《ほまれ》」、機体では愛知の一六試艦上攻撃機（のちの流星）と空技廠で開発中の一五試双発陸上爆撃機（のちの銀河）だった。

さらに、三菱では一四試局地戦闘機（のちの雷電）の開発が進められており、タンクは同機にも興味をもったが、近い将来に新型艦上戦闘機（一七試艦戦・のちの烈風《れっぷう》）の開発命令も三菱に下りるだろう、と酒巻から聞かされて、タンクは首をかしげざるをえなかった。

――まだ（雷電が）初飛行にも成功していないのに、もう次の新型戦闘機（烈風）を開発させるのか……。

全体的なタンクの印象としては、日本の航空機メーカーはエンジンや新型機の開発におよそ精力的に取り組んでいるが、軍からの要求がいかにも過大である、ということだった。

まだ日米戦は始まっておらず、視察団一行をドイツへ送り届けた特務艦「浅香丸」は、当の軍事視察団よりひと足早く、一九四一年四月一八日に横須賀へ帰投していた。

日本のメーカーをひととおり観てまわったタンク技師は、酒巻少将の案内で一〇月二〇日に海軍航空技術廠（空技廠）を訪れ、空技廠長の和田操中将と面会した。

海軍航空技術廠は追浜飛行場（横須賀）に隣接している。タンクが来訪すると、それを待ちかねたようにして和田はみずから声をかけ、ソファをすすめた。

「どうぞ、お待ちしておりました」

そして、和田が「忌憚《きたん》のない意見をお聞かせください」と申し出ると、タンクは遠慮なく、メーカー視察についての感想をのべた。

「思ったとおり、日本の技師や工員はみな勤勉でドイツ人とよく似ております。その努力や工夫には目を見張るものがありますが、軍の要求は少々過剰ではないでしょうか……。最新の戦闘機を二機種も開発させるのは考えものです」

これを聞いて和田はすぐに〝三菱のことだ〟とわかった。

「お言葉ですが、日米間の雲行きはいよいよあやしくなっておりますので、海軍でも新型機の早期開発が至上命題になっているのです」

和田がやむをえずそう応えると、タンクはやんわりとうなずき、にわかに話題を変えた。

「ところで、現在、最も力を入れておられるのはどの機種とどの機種でしょうか？」

タンクがあらためてそう訊くと、和田は待ってましたとばかりに口を開いた。

「それは一五試陸爆（銀河）と一六試艦攻（流星）です」

これらは視察時にタンクの目をひいた二機種と奇しくも同じであった。雷撃を重視している日本海軍特有の機種だと思ったからである。

タンクがうなずくや、和田はさらにもう一機種を付け加えた。

「それと……欲張るようですが、次期艦上戦闘機の一七試艦戦（烈風）もはずせません」

「なるほど結構でしょう。……ですが、今、挙げられた三機種の搭載予定エンジンはいずれも中島飛行機の『誉』ですね。一七試艦戦もそう聞いておりますが、違いますか？」

タンクがそう指摘すると、和田は俄然《がぜん》心配そうに聞き返した。

「おっしゃるとおりです。……『誉』に期待しすぎでしょうか？」

和田がそう聞き返すのも無理はなかった。中島の「誉」エンジンはいまだ開発途上であり、実用化されていなかった。

「優秀なエンジンがあれば、採用エンジンを〝それひとつ〟にしぼって数種の新型機を開発するということはドイツでもよくやります。そうすれば大量生産が可能でエンジンの生産効率も上がるからです。しかしながら『誉』はまだ実用化されておらず、かなり不安ですな……」

まさに図星であり、タンクに痛いところを突かれた和田は、「誉」の実用化に俄然確信が持てなくなってきた。

「中島技術陣は『誉』の開発に自信があるというので、なんとか一年以内に実用化できると思うのですが、やはり見直すべきでしょうか？」

和田があらためてそう聞くと、タンクはすこし考えてから逆に聞き返した。

「ほかに良いエンジンがあれば是非とも見直すべきですが、これら新型機三機種に要求どおりの性能を発揮させるには、どうしても二〇〇〇馬力級のエンジンが必要でしょう。しかもエンジンの直径はできるだけ小さいほうがよい。……『誉』に賭けるしかないのではありませんか？」

「おっしゃるとおりです。ですから、是が非でもこのエンジンを実用化する必要がございます。そのために是非、お力添えをいただき、忌憚のないご意見をおうかがいしたい！」

和田が恥をしのんでそう意気込むと、〝それならば〟ということで、タンクは問題点を率直に指摘した。

「非常に野心的なエンジンです。中島飛行機やあなたがたの意欲はじつに結構です。しかしエンジンの直径が一一八〇ミリというのはいかにも無理を感じます。ご承知のように『ＢＭＷ８０１』の直径は一二九〇ミリですから、それより表面積が一一センチも小さいということになる」

ひと足先に横須賀に帰港していた特務艦「浅香丸」には「ＢＭＷ８０１」エンジンが積み込まれており、和田もその直径が一二九〇ミリであることを承知していた。

和田がうなずいているのをみて、タンクがさらに続けた。

「それでも勤勉なあなたがた日本人は、おそらくこの『誉』エンジンを完成させるでしょう。私はそう信じております。あなたがたは必ずそれを成し遂げるでしょうが、……はたして量産は可能でしょうか？　一年以内での完成ということは戦時下での生産も考慮しておくべきです。私は、その点がはなはだ疑問です」

この男の言うとおりだった。

「誉」エンジンの搭載を予定している新型機はこれら前記の三機種だけではなかった。海軍はほかにも一七試艦上偵察機（彩雲《さいうん》）に搭載する予定であり、仄聞《そくぶん》するところによると、陸軍も新型戦闘機（四式戦・疾風《はやて》）への採用を検討し始めているようだった。

戦闘機だ。陸軍が採用を決めれば中島はそれを断れるはずもなく、まさに大量の「誉」エンジンが必要になってくる。が、どうひいき目にみても量産化には不安があり、現に中島飛行機は、「誉」より大型で実用化しやすいはずの、「護《まもり》」エンジンの開発にさえ手こずっている有り様だった。

もし中島が「誉」の実用化に失敗すれば、現在開発中のこれら新型機はおよそ要求性能を満たせず、陸海軍の計画がいっぺんに吹き飛んでしまうようなことになりかねない。

まさに綱渡りの賭けだが、「誉」エンジンの開発はもはや相当程度にすすんでいる。「誉」は、地上での耐久テストに合格し、まもなくＤＢ機（実験用複座機）に搭載して飛行実験をおこなう段階にまでこぎつけていた。今のところ不具合は出ていないが、量産化は〝かなりむつかしいのではないか〟というタンク技師の指摘は、なるほど、そのとおりであった。

和田が絶句していると、それを見てタンクがおもい口を開いた。

「エンジンの直径が一一八〇ミリしかないというのはいかにも冒険的すぎます。新型エンジンの開発にトラブルは付きものですが、これではまったく〝あそび〟がなく、トラブルに対処するための改修改善がきわめて困難になる。経験上そう断定せざるをえません。……私ならもうすこし直径を増やし、開発を一からやり直すでしょう……」

これには和田もまいった。

タンク技師はたっぷり時間を掛ければ〝日本人ならこのエンジンを完成させるだろう〟と認めてくれている。が、それでも〝早期開発と量産化はむつかしい〟と指摘しているのだ。決して頭ごなしに〝開発が無理である〟と決めつけているわけではない。そしてこの男にはそう指摘するだけの経験と実績が確かにあった。

和田もそのことはよくわかっている。わかってはいたが、今のところ「誉」は地上での耐久試験に合格し、大きな不具合を生じることなく開発がすすんでいる。

和田は開発を一からやり直す気がどうしても起こらず、ため息まじりにつぶやいた。

「ご指摘は至極もっともです。ご助言のほど痛み入りますが、今さら時計の針を戻すようなことはできません……」

むろん、開発方針を決定するのは日本海軍であり、タンクは和田の言葉に黙ってうなずき、潔く引き下がった。

3

タンクには「誉」の開発が暗礁に乗り上げることが目にみえており、和田空技廠長の〝判断のあまさ〟が残念でならなかった。タンクは〝急《せ》いては事をし損じる〟と思っていたが、およそ三週間後には早くもその兆候があらわれた。

DB機に乗せて飛行実験を繰り返していた一一月中旬のある日、注目の「誉」エンジンが〝ケルメット軸受けの急焼損〟という重大事故を起こしたのだ。そして検証の結果、ケルメット軸受けが焼損するのは〝クランクピンの剛性不足が最大の原因である〟と判明した。

和田は判断のあまさを認め、タンク技師と再び話し合うことにした。タンクは、もう一度〝来ていただきたい〟というその申し出に快《こころよ》く応じ、再度、空技廠をおとずれた。

「ケルメット軸受けの急焼損です！」

開口一番、和田がそう告げると、タンクは即座にピンときた。

「クランクピンが弱すぎるのでしょう。クランクピンの直径を太くして、その強度を増すしかありません！」

クランクピンの強度が弱いため、本来なら均一に荷重を受けるはずのケルメット軸受けが、ある部分にだけ荷重が集中して〝かじり〟を起こし焼損するのだ。このような事故をタンクはこれまでに幾度となくみてきた。

タンクに言われるまでもなく、クランクピンの直径を太くすれば問題が解決することは、和田も当然、承知していた。けれども〝クランクピンの直径を増す〟という改造は、エンジン自体の設計を一からやり直すような大改造につながる。まさに時計の針を逆さまに回すような大改造となってしまうのだ。

そのため中島の技術陣は、クランクピンの直径を変えず、材質の向上や熱処理改善、表面仕上げ精度の向上など、別の対策を講じて〝この難局を乗り切ろう〟と奔走していた。

和田がそのことを明かすと、さしものタンクも居ても立ってもおられず、われながら驚くほどの大声で、和田を叱責した。

「そのような一時凌《しの》ぎの改修で、本当にこのエンジンを〝量産化できる〟とお思いですか!?　……量産化すれば、工作精度はますます低下するのですぞ！」

タンクは止まらずさらに続けた。

「戦争に突入すれば熟練工を容赦なく軍の徴収で引き抜かれ、工作精度はおのずと低下します。そのようなことはドイツでも起きております。安定したエンジンを製造し続けるには、根本的な見直しがどうしても必要です！」

じつはこのときすでに、参謀総長の杉山元《はじめ》大将と軍令部総長の永野修身《おさみ》大将は、対米英蘭戦争の作戦計画を天皇陛下に上奏しており、日本の参戦はもはや時間の問題となっていた。

この男の言うことは一々もっともであり、和田操も〝雷に撃たれたような〟衝撃を受け、これでいよいよ観念した。

――今が〝時計の針を戻せる〟最後のチャンスかもしれない。戦争に突入すれば計画の見直しは絶対に赦《ゆる》されない！

そう思うや、和田はいつになく目をほそめ、つぶやくようにして言った。

「エンジン自体を、大きくする必要がある、とのお考えですね？」

タンクは即答した。

「いかにも、おっしゃるとおりです！」

エンジンの直径を大きくすれば、その分、クランクピンの直径も太くできるので、タンクは大きくうなずいてみせた。

しかしエンジンの直径をいったいどれほど大きくするのか、それが問題である。むろんエンジンは小さければ小さいほどよく、拡大幅は最小限におさえたい。

「わかりました。それでは設計を一からやり直すとして、直径をどの程度の大きさにすべきとお考えでしょうか？　ご意見があれば、是非、参考にしたいのです」

するとタンクは、和田の予想をくつがえして即答した。

「それでは申し上げます。このエンジンの現在の直径は一一八〇ミリですが、一二五〇ミリ程度に拡大すべきです」

これには和田も驚いた。

この男は「誉」で生じた不具合を現場でみずから検分したわけでもないのに〝一二五〇ミリ程度に拡大すべき〟と即座に言い切ったのだ。

「なっ、七〇ミリも拡大するのですか……？　お言葉を返すようですが、そんなに大きくする必要があるでしょうか？」

和田は目をしばたたかせて首をひねったが、タンクはこれに平然と返した。

「ＢＭＷ８０１の直径は一二九〇ミリです。それより四〇ミリも小さいので、一二五〇ミリでも決して大きくありません」

ＢＭＷ８０１Ｃの離昇出力は一六〇〇馬力。タンクはこのエンジンをフォッケウルフＦｗ１９０戦闘機に採用し、時速六〇〇キロメートル以上の最大速度を実現していた。タンクからすれば、エンジンの直径を一二〇〇ミリ以下におさえようとする日本人の発想は、いかにも病的なこだわりに思えた。

タンクが続ける。

「直径を一二五〇ミリに拡大しても、そのエンジンが二〇〇〇馬力に近い出力を発揮することができれば、日本海軍がいま計画中のその新型艦上戦闘機（烈風）は、充分に時速三四五ノット（時速・約六三九キロメートル）の最大速度を発揮できるはずです」

タンクが言うとおり一七試艦戦（烈風）の計画最大速度は、時速三四五ノットだった。

「それはそうかもしれませんが……」

「とにかく、量産可能な信頼性の高いエンジンを早急に開発することが先決です。

そして二〇〇〇馬力の出力を出せるようにするには、直径の大きさにこだわってい る場合ではありません。しっかりしたエンジンさえあれば、あとは機体の形状を工夫するなどして要求に近い新型戦闘機を開発できますが、肝心のエンジンが不調で充分な出力を得られない、となりますと、新型戦闘機の開発は完全に頓挫します。しかも私に言わせれば、一二五〇ミリという直径は充分に小さい。ＢＭＷ８０１の直径が一二九〇ミリなのですから……」

タンクの言うとおりだった。

とくにエンジンの開発で無理をするべきではなかった。肝心のエンジンを量産できなければ、工場が〝首なしの機体〟でいっぱいになってしまうという悲惨な状況におちいりかねない。もし、そのようなことになれば、それこそ取り返しが付かないのである。

じつにこの男の言うとおりだが、和田にも思うところがあった。

「しかしＦｗ１９０は重戦闘機でしょう。速度は速いが、小回りは利かないはず。……わが海軍の搭乗員は格闘戦を重視しており、小回りの利く戦闘機を欲しがります。そのためエンジンの直径をどうしても小さくする必要があるのです」

確かに、帝国海軍のとくにベテラン搭乗員は格闘戦を重視する傾向があった。けれどもタンクに言わせれば、それは、もはや前時代的な空中戦の在り方だった。

「敵味方双方とも一〇機程度の小規模な空中戦では、なるほど旋回性能がものを言うでしょう。腕に覚えのあるベテラン・パイロットが格闘戦を重視するのはわかりますが、戦争はもはや総力戦の時代に入っております。われわれドイツは『バトル・オブ・ブリテン』を戦い、一〇〇機対一〇〇機の大規模空中戦を〝ざら〟に経験しました」

一息ついてタンクがさらに続ける。

「日本海軍の仮想敵国は米国ですから、米軍は大量の戦闘機を造って編隊空戦を挑んでくるでしょう。そうなれば一撃離脱の戦法が主流となり、ベテランの〝小技〟も焼け石に水、大勢をくつがえすことはできません。一騎当千のベテランといえども、戦えば必ずその数を減らします。大戦争を長期的に戦うには、並みのパイロットでも充分に戦える戦闘機こそが必要なのです」

この男の言うとおりだった。

凡人にも扱えるのが良い兵器だ。一部の優秀な者に合わせて造るべきではなく、新米搭乗員でも充分に戦える戦闘機を造っておくべきだった。それが大原則であるということは和田も承知している。充分承知しているが、新型艦戦は速度性能を確保したうえで、旋回性能にも優れているほうがやはり望ましい。和田には〝一二五〇ミリ〟という直径がどうしても過大に思えた。

「それはわかりますが、エンジン直径があともう四センチ、一二二〇ミリもあれば、おそらく『誉』のクランクピンは太くできるはずです」

和田がそう返すと、タンクはじつに不可思議なことを言い始めた。

「それはそうかもしれません。ですが、四〇ミリ増では心もとない。もうすこし余裕をみておくべきです。……それに、新型エンジンの直径が一二二〇ミリですと、中島に対抗意識を燃やしている三菱は、かなり困るでしょうな……」

タンクの言う意味がわからず、和田は思わず聞き返した。

「……『誉』エンジンの話をしているのです。三菱は関係ないでしょう？」

「いいえ、そんなことはありません。三菱も大いに関係がございます」

これを聞いて、和田はますます首をかしげた。

「……な、なぜでしょう？」

「中島の『誉』に対抗して、今、三菱でも『金星』エンジンの一八気筒化をすすめておりますね。こちらも大いに期待できそうです。いいえ、こちらも是非、競争に参加させるべきです」

この男の言うとおりだった。

中島が「栄」エンジン（一四気筒）を一八気筒化して「誉」を開発しているのに対して、ライバルの三菱もこのとき「金星」エンジン（一四気筒）を一八気筒化して、三菱の社内名称「Ａ20」と呼ばれる小型機用・大馬力エンジンを開発しようとしていた。三菱が「Ａ20」エンジンの開発を本格的にスタートさせたのは、昭和一六年四月ごろのことだった。

むろんそのことは和田も承知しており、和田はタンクの抜け目なさにほとほと感心した。

――この男はそんなことまで、きっちり知っているのか……。

「いや、それはそのとおりですが、おっしゃる意味がいまひとつよくわかりません」

和田がそう返すと、タンクはいよいよその本心をうち明けた。

「早い話が、中島と三菱を競争させるのです。三菱のほうが若干出遅れておりますが、中島の『誉』は飛行実験に失敗しましたので、さほど大きな差はないでしょう。両社ともにエンジン直径を一二五〇ミリで開発させて、どちらが先に優秀なエンジンを造るか、試してやるのです。……『誉』の一一八〇ミリはどうみても夢物語ですが、三菱も中島への対抗意識が高じて、一二三〇ミリで『Ａ20』を開発しようとしております。三菱も相当に無理しておりますので、これでは共倒れになりかねません」

タンクは一気にそう説明すると、さらに口をつないだ。

「そもそも『金星』エンジンの直径は一二一八ミリですから、和田さん、あなたがおっしゃる一二二〇ミリでは小さすぎて三菱の『A20』はとても開発不可能です。そして『誉』もまた最初の飛行実験であえなく失敗したのです。ここは両社の無理な競争を止めさせて一二五〇ミリで新型エンジンの直径を統一し、対等な開発競争をやらせるべきです。一度失敗したのですから中島の技術陣もおそらく納得するでしょう。……そうすれば、どちらか一方が開発に失敗しても、残るもう一方で補完できます！」

要するにタンクは、現状のままでは中島、三菱とも〝エンジンの直径を小さくすること〟にこだわりすぎて〝足の引っ張り合いになっている〟というのであった。

そして、両社がそのこだわりを捨てれば、信頼性の高い大馬力エンジンを〝必ず量産できる〟とタンクは考えているのだった。

三菱「A20」の直径と中島「誉」の直径を一二五〇ミリに統一して開発をやり直せば、無理が是正されて信頼性の高いエンジンが出来上がる。そうすれば陸海軍が開発中の新型機は、たとえ「誉」が開発に失敗したとしても「A20」へすぐに換装することができる。「誉」と「A20」の直径を統一しておけば、機体の設計を大きく変更することなく、短期間でエンジンを換装できるのだ。

タンクのこのアイデアを聞いて、和田はすっかり感心した。

「なるほど、三菱の技術陣は今『A20』を直径一二三〇ミリで開発中だ。私が言った一二二〇ミリでやり直すと、エンジン直径を統一できず〝補完できない〟とおっしゃるのですね……」

「そのとおりです。ですから『誉』の直径を一二五〇ミリに変更し、同時に三菱側にも〝一二五〇ミリに変更せよ！〟とあなたが指示すれば、悪くてもどちらか一方が〝使えるエンジン〟となって量産化にこぎつけるでしょう」

これは確かに妙案だった。なるほど妙案に違いなかったが、やはり新型エンジンの直径はすこしでも小さくしておきたい。それに、和田にはもうひとつ気になることがあった。

「わかりました。確かに名案です。……しかしそれではちょっと、中島が不憫《ふびん》ですな……」

和田がそうつぶやくと、今度はタンクが不審に思い、首をかしげた。

「……なぜでしょう？」

「ご承知のとおり、小型機用エンジンの一八気筒化を最初に思い付いたのは中島のほうです。私が言う一二〇ミリなら、三菱はこの競争に参加できない。それをわざわざ、三菱も〝土俵へ上がれる〟ように、直径を一二五〇ミリに拡大変更してやるのです。先行する中島がそれを知れば、あくまで〝一一八〇ミリでがんばる〟と意地を張り、へそを曲げるかもしれません」

「……し、しかし、それは〝軍の命令〟ということで、強制的に一二五〇ミリでやらせればよいのです」

「いや、それはいくらなんでも中島に悪い。せめて中島に『A20』の直径を教えてやり、三菱の手の内を明かしたうえで〝一二三〇〟ミリに統一すれば、中島もまだ納得するでしょう」

「しかし現状では、三菱も相当に無理をしております。一二三〇ミリのままではおそらく、『A20』の開発はむつかしいでしょう。……『誉』はもとより『A20』も量産できることが日本海軍にとって最も望ましいのですから……」

タンクがつぶやくようにそう応じると、和田はこくりとうなずき、腕組みをしながら〝ふう〟と大きくため息を付いた。

しばし沈黙が流れる。和田は目をつむりかなり考え込んでいる。タンクは〝ここは口出しすべきではない〟と思った。

するると、和田はようやく目を開け、おもむろに妥協案を口にした。

「一センチだけ増やし〝一二四〇〟ミリなら、どうですか？」

「……あまり感心しませんな……。ですが、両社を説得するのはあなたです。あとは、あなた自身がお決めになるべきことです」

タンクがなかば突き放すようにしてそう応えると、和田は、すこし困ったようにして、もう一度聞き返した。

「いえ、純粋に技術的な見地から『A20』の量産が一二四〇ミリで可能かどうか、あなたの見解をおうかがいしたいのです」

するとタンクは、またもや不可思議なことを言い出した。

「三菱の『金星』はじつに良いエンジンです。……『金星』エンジンは直径が一二一八ミリ、回転数が毎分二六〇〇回転です。このエンジンは現状で一五〇〇馬力の離昇出力を発揮できますが、直径を三センチほど大きくして〝一二五〇〟ミリにすれば、クランクピンの強度を増して『金星』の回転数を毎分二八〇〇回転まで引き上げることができるでしょう。つまり『誉』『A20』と同じようにエンジンの直径を〝一二五〇〟ミリに拡大すれば『金星』エンジンの出力もまた向上し、一六〇〇馬力以上の離昇出力を発揮できるようになるはずです。……私が〝一二五〇ミリ〟にこだわるのはそのためです」

これを聞いて和田はじつに驚いた。

この男は「誉」や「A20」ばかりでなく、すでに量産化されている「金星」エンジン(三菱)の直径も一二五〇ミリに拡大し、大きさを〝統一せよ〟というのである。このような発想は和田には到底なかった。

和田がきつねにつままれたような顔をしているので、タンクはさらに言及した。

「……『金星』の回転数を二八〇〇回転に上げるには、直径を三センチほど大きくする必要があるとみます。直径は大きくなりますが、一六〇〇馬力以上の離昇出力は〝必ず出せるようになる〟と保証いたします。そして『金星』『誉』『A20』の直径を統一しておけば、新型機への換装も容易になり、それこそ一石二鳥、いや、一石〝三鳥〟ではありませんか」

この男の言うとおりだった。

唯一「金星」のみは一四気筒だが、エンジンの直径を統一しておけば、なるほど新型機への換装はやりやすくなる。そして一二五〇ミリで直径を統一しておけば、三菱・中島両社の過当競争は是正され、一八気筒の「誉」と「A20」は断然開発しやすくなるのだった。

「なるほど『金星』の出力向上も見すえての〝一二五〇ミリ〟というこだわりですね。しかしこまかいようですが、今あなたは〝直径を三センチ大きくすれば『金星』の離昇出力を一六〇〇馬力以上にできる〟とおっしゃった。ならば『金星』の直径は一二一八ミリですから、一二五〇ミリではなく〝一二四八〟ミリでよい、ということになりますね」

これは和田の言うとおりだった。

和田はたとえわずか二ミリでも直径を小さくしておきたいのであった。

タンクに言わせればこれはまさに病的なほどのこだわりだったが、むろんタンクには、そこまでのこだわりはなかった。

「よろしいでしょう。では、三つのエンジンの直径を一二四八ミリに統一し、開発することをあらためてお勧めします」

タンクがそう返すと、和田も、これでようやく納得したのである。

4

後日、中島は和田操の説得に応じて、「誉」エンジンの直径を〝一二四八ミリ〟へ変更することに同意した。三菱の「A20」と性能に大差がなければ、必ず「誉」を優先的に採用する、と和田が確約をあたえたからである。

ところで、二人の話し合いはまだ続いた。

タンクが疑問を呈する。

「日本海軍は、なぜ、それほど雷撃を重視されるのですか？」

「戦艦を撃沈するには、どうしても雷撃が必要だからです」

和田は当然といわんばかりにそう答えたが、タンクはおもむろに首をひねった。

「しかし魚雷は高価ですから、爆弾のようにふんだんに準備することは不可能でしょう？」

「そりゃそうです。しかし、これはわが海軍の事情ですが、大艦巨砲主義者の〝鼻をへし折る〟ためにも、どうしても〝飛行機で戦艦を撃沈し得ること〟を証明してみせねばならんのです」

なるほど帝国海軍では、石頭ぞろいの大艦巨砲主義者がいまだに幅を利かせていた。

それにドイツの新鋭戦艦「ビスマルク」は、イギリス海軍ソードフィッシュ雷撃機の魚雷攻撃によって致命傷を被《こうむ》り沈没していたので、タンクも和田の言い分に一定の理解を示した。

「それはわかります。おっしゃるとおり雷撃も必要でしょうが、艦上雷撃機を同時に〝二機種も開発する必要が〟あるでしょうか？」

タンクが言うのは一四試艦攻（天山）と一六試艦攻（流星）のことだった。両機とも開発中の段階であり、いまだ初飛行に成功していない。日本海軍が雷撃を重視しているのはわかるが、せめて一機種に絞るべきだというのが、タンクの見解であった。

しかし、和田にも考えがある。

「一六試艦攻は、雷撃はもとより急降下爆撃も可能にする必要があります。開発には時間が掛かるでしょうから、先に一四試艦攻を確実に〝ものにしよう〟と考えているのです」

けれどもタンクに言わせれば、これが無駄に思えてならなかった。

タンクはその点を指摘した。

「思いますに、開発メーカーに対する日本海軍の要求はあまりにも過大です。とくに速度性能に対する要求は過大と言わざるをえない。急降下爆撃と雷撃が可能で、しかもその機体に時速三〇〇ノットもの最大速度を要求するのは、ちょっと度が過ぎている。これを実現しようとすれば、それこそ二〇〇〇馬力級の小型大出力エンジンが必要です。しかし『誉』も『A20』もいまだまったく開発の目途が立っていない。幸い日本には一三〇〇馬力を発揮できる『金星』エンジンがあるのですから、速度要求をせめて時速二四〇ノット程度に下げて雷爆撃機（流星）の開発一本にしぼり、中島の艦上雷撃機（天山）は開発を中止すべきではありませんか？　……そうすれば中島は『誉』の開発に専念できます」

タンクの言うとおりだった。

中島は「誉」だけでなく「護」エンジンの実用化にも手間取り、一四試艦攻の開発は遅々《ちち》として進んでいなかった。この負担を取り除けば、中島の技術陣は「誉」の開発に専念できるし、開発中の次期艦攻を一六試艦攻一本に絞れる。

そして、時速三〇〇ノットという最大速度に固執しなければ、雷爆撃機の開発は〝「金星」でも可能である〟とタンクはみていた。

「五〇〇キログラム爆弾を搭載しての急降下爆撃は可能でしょうか？」

和田は念のため、そう聞き返したが、タンクはこともなげに即答した。

「いや、五〇〇キログラム爆弾による急降下爆撃と雷撃をまず可能にし、その完成した機体の最大速度がたとえ二四〇ノットを下回ったとしても目をつむるのです。それでも九七式艦上攻撃機の最大速度（時速二〇四ノット）を下回るようなことはまずないでしょう。現在量産化されている『金星五四型』エンジンはすでに一三〇〇馬力の出力を発揮できるのですから……。それが『金星六〇型』エンジン、回転数を増した直径一二四八ミリの新型『金星』エンジン、さらに『誉』や『A20』へとエンジンがパワー・アップしてゆけば、いずれおのずと時速三〇〇ノットの最大速度を実現できるようになります。ですから、一足飛びに速度を追い求めず、雷爆撃可能な機体をまず開発しておくことが肝要です」

これを聞いてもなお和田が首をかしげているので、タンクがついに言い切った。

「三菱の『金星』エンジンは優秀で充分に使えます！　雷爆撃機の開発には、私も微力ながら、ひと役買いましょう」

これを聞いて、和田の表情は一変した。

五〇〇キログラム爆弾を投下可能な艦爆の開発にはどうも自信がなかったが、ドイツ空軍は言わずと知れたJuシュトゥーカ急降下爆撃機をすでに幾種類も開発製造している。この男は、同機の機体構造をよく知っているはずだし、その知識と技術で開発を後押ししてくれるというのなら、和田にとってこれ以上、心強いことはなかった。

「わかりました。あなたが本当に協力してくださるのなら、一四試艦攻（天山）の開発は止めても差し支えないでしょう。……航空本部長と話し合ってみます」

和田はにわかにうなずいたが、タンクの提案はこれにとどまらなかった。

「それと、もうひとつ。三菱で開発中の一四試局地戦闘機（雷電）ですが、これも開発を中止してはいかがでしょうか？　戦闘機を同時に二機種も開発するのはやはり無理がある……」

三菱に対しては近く、一七試艦上戦闘機（烈風）の開発命令も出されることになっている。タンクは戦闘機の開発も〝一七試艦戦一本に絞るべきである〟とあらためて指摘したのだ。

「し、しかしこれ（雷電）は、敵重爆撃機などを撃墜するためのインター・セプターですから、将来こうした戦闘機が必要になると考えて、開発を命じたのです」

「それはわかりますが、三菱は同機の開発に難渋している。一七試艦戦のほうが重要だとおっしゃるなら、一四試局戦の開発を中止して、三菱の負担を取り除いてやるべきです」

確かに和田は、一七試艦戦のほうを重視していたし、一四試局戦の開発が暗礁に乗り上げているのも、事実そのとおりだった。

「一四試局戦の開発がもし順調なら、私もこうは申しませんが……」

タンクはつぶやくようにして、さらにそう言及したが、さしもの和田も、一四試局戦の開発を独断で中止するわけにはいかなかった。

「わかりました。貴重なご意見として承《うけたまわ》り、航空本部長ともう一度よく話し合ってみます」

和田が仕方なくそう応じると、タンクもここはおとなしくうなずいた。

ところで海軍・航空本部長は、昭和一六年一一月のこの時点で、井上成美中将が引き続き務めていた。ドイツ製・二式飛行艇の製造を後押ししてクルト・タンク技師などの日本招致を実現させたのは井上成美の功績であり、海軍大臣の及川古志郎《こしろう》大将やその後釜の嶋田繁太郎《しげたろう》大将もこの功績を認め、井上中将を引き続き航空本部長職にとどめざるをえなかった。

和田が、タンク技師の提言を井上本部長に報告すると、井上は即座にうなずいた。

「よし。ならば一四試艦攻と一四試局戦の開発を中止しよう」

昭和一四年当時に両機の開発を決めた航空本部長は、前任者の豊田貞次郎《ていじろう》中将だった。

豊田貞次郎は、昭和一六年四月に大将へ昇進すると同時に即日予備役に編入されて商工大臣に就任、第三次近衛内閣の瓦解とともに外務大臣職を辞任して、現在は日鉄の社長となり海軍から退いていた。

井上成美は、あからさまな出世主義者の豊田貞次郎とはまったく反りが合わず、豊田が推し進めた〝一四試〟で開発中の新型機を廃棄することになんの抵抗も感じなかった。いや、抵抗を感じないどころか、井上は豊田による航空行政の所為で新型機の開発は〝寄り道させられた〟と感じており、タンク技師の提言を機にその開発方針を一から見直すことにしたのである。

井上航空本部長のこの決断により、帝国海軍は次期主力戦闘機の開発を一七試艦戦（烈風）一本に絞り、次期艦上攻撃機の開発を一六試艦攻（流星）一本に絞ることになった。

第三章　進化する雷爆撃機

1

クルト・タンクの提言によって、航空本部長の井上成美中将は一四試艦攻（天山）の開発を完全に中止し、一六試艦攻（流星）の開発に全力を傾注することにした。

海軍航空本部の命令に従って、三菱は、新型エンジン「A20」の開発と同時進行で「金星」エンジンの直径を一二一八ミリから一二四八ミリに拡大変更し、同エンジンの回転数を毎分二六〇〇回転から二八〇〇回転へ引き上げることに精力をそそいだ。金星エンジンの回転数向上には約束どおりタンク技師もひと役買い、その助言を得て三菱は、離昇出力一三六〇馬力の「金星五五型」エンジンを、昭和一七年二月下旬には実用化することに成功する。

また、それと併行して雷爆撃機（一六試艦攻・流星）の開発を担当する愛知航空機は、タンク技師の助言に従って逆ガル翼を採用し、「金星五五型」エンジンの完成を待たずして同機の開発を開始していた。

いっぽうで日本は昭和一六年一二月八日に米英などと戦端を開き、帝国海軍は開戦劈頭《へきとう》、空母六隻を基幹とする南雲《なぐも》機動部隊でオアフ島・真珠湾に奇襲攻撃を敢行、米戦艦七隻を撃沈破するという戦果を挙げた。

また、一二月一〇日には、帝国海軍の陸攻隊がマレー沖で英戦艦二隻を航空攻撃のみで見事撃沈し、もはや航空主兵の時代が到来したことを実戦で証明してみせた。

回転数を向上させた三菱「金星五五型」エンジンが完成した二月下旬ごろには、シンガポールも占領して南方攻略の目途が立ち、南雲機動部隊はその余勢を駆って四月にはインド洋へと進出。南雲忠一《ちゅういち》中将の率いる機動部隊は、セイロン島のコロンボなどを空襲し、英小型空母「ハーミス」や英重巡二隻なども撃沈して四月二二日には内地へ凱旋した。

そんななか、連合艦隊司令部が次に計画した作戦が「ミッドウェイ攻略作戦」だった。

ミッドウェイ作戦の実施に当たって、空技廠長の和田操中将は、新型の〝雷爆撃機を是非、実戦で試してみたい〟と考え、そのための準備を早くから進めていた。和田は、九九式艦爆を開発した愛知航空機に命じて、昭和一六年秋から雷爆撃機の開発に取りくんでいた。

開発は空技廠と愛知の協同で進められ、愛知は新型雷爆撃機の搭載エンジンに「金星五五型」の採用を決めた。九九式艦爆はもともと金星エンジンを搭載していたからである。

愛知は当初「金星五三型」エンジンで新型雷爆撃機の開発を進めていたが、二月下旬に「金星五五型」エンジンが実用化されると、すぐに搭載エンジンを「金星五五型」に切りかえた。エンジンの直径が三センチほど大きくなったため、それにともなう機体の改修に約二ヵ月を要したが、とくに主翼が強化され、四月中旬には新型雷爆撃機の一号機が初飛行に成功。タンク技師の目にくるいはなく、一号機は最大速度・時速二四二ノットを記録して、海軍航空本部は同機を「二式艦上雷爆撃機」として制式に採用した。

この通称〝二式雷爆〟は、雷撃と急降下爆撃がともに可能であったが、やはり一三〇〇馬力級のエンジンでは充分に機体を強化できず、五〇〇キログラム爆弾を搭載しての急降下爆撃は実現することができなかった。
タンクは「最大速度を二一〇ノット程度で我慢して機体を強化すれば、五〇〇キログラム爆弾による急降下爆撃も可能です」と主張したが、帝国海軍の航空関係者はみな、これ以上の速度低下を望まなかったのである。

二式艦上雷爆撃機・乗員二名／愛知
搭載エンジン／三菱・金星五五型
離昇出力／一三六〇馬力
全長／一〇・八五〇メートル
全幅／一三・四八〇メートル
最大速度／時速二四二ノット
／時速・約四四八キロメートル
巡航速度／時速一六〇ノット
航続距離／八五〇海里（雷装時）
武装／七・七ミリ機銃×二挺（機首）
／七・七ミリ旋回機銃×一挺（後部座席）

兵装
・急降下爆撃時／二五〇キログラム爆弾一発
・緩降下爆撃時／五〇〇キログラム爆弾一発
・水平爆撃時／八〇〇キログラム爆弾一発
・雷撃時／八〇〇キログラム航空魚雷一本

二式艦上雷爆撃機は五〇〇キログラム爆弾による緩降下爆撃が可能になったので、航空本部長の井上成美中将や空技廠長の和田操中将はひとまずこれで〝よし〟とした。

三菱ではこのとき同時に、直径を一二四八ミリに拡大した「金星六五型」エンジンの開発も進められており、これが完成すれば、エンジン出力は一気に一七〇〇馬力程度に向上するので、井上や和田は、五〇〇キログラム爆弾による急降下爆撃の実現は〝それからでも遅くはない！〟と考えたのだった。

二式艦上雷爆撃機は昭和一七年五月中旬までに計八四機が製造され、南雲忠一中将率いる帝国海軍の主力空母四隻は、これまでの九七式艦上攻撃機に代わって同機を搭載し、ミッドウェイ作戦にのぞむことになる。

2

ところで、タンク技師と一緒に来日したハインリッヒ・フォーデルス技師もまた、帝国海軍に重要な提言をおこなっていた。

「航空機が主流となった近代戦にはもはやこの対空レーダーが欠かせません。……建造中の〝新型戦艦〟にこそレーダーを搭載すべきです！」

フォーデルス技師のこの提言にいちはやく耳を傾けたのはほかでもない、連合艦隊司令長官の山本五十六《いそろく》大将だった。

軍令部や大艦巨砲主義者の連中は「武人の繁用に耐えない！」と戦艦「大和」へのレーダー搭載にあくまで反対していたが、山本五十六は鶴の一声でこれらの不平をおさえこんだ。

「竣工時期が多少後れてもかまわん。連合艦隊はこの戦争を航空主兵で戦う！　是非とも『大和』をレーダー搭載艦に改造してもらいたい！」

南雲機動部隊の仕掛けた「真珠湾攻撃」によって、開戦前に主敵と見なされていた米戦艦の多くが、すでに行動不能となっていた。

軍令部が戦前に想定していた艦隊決戦などはそうそう起こりそうにもなく、彼ら大艦巨砲主義者の連中も、一二月中旬には戦艦「大和」の改造にしぶしぶ同意した。

昭和一六年一二月中旬の時点で戦艦「大和」はすでに最後の習熟訓練をおこなっていたが、同艦は再び呉工廠のドックに戻されて、対空見張り用レーダーを設置するための追加工事を受けることになった。

フォーデルス技師は単に提言をおこなっただけでなく、その改造工事にも終始立ち会い、技術的な助言をおしみなく与えた。ドイツから舞鶴へ飛来した二式飛行艇の一機にはドイツ製・艦載レーダー「ｆｕＭＯ23」の設計図が積まれており、海軍技術研究所はフォーデルス技師の指導を仰いでこのレーダーを復元、昭和一七年五月までに「大和」への設置を完了した。

このレーダーはドイツ戦艦「ビスマルク」などにも装備され、その信頼性はすでに欧州戦線において実証されていた。

設置後の試験運転の結果、このレーダーは最大探知距離二二〇キロメートル（約一一九海里）という高性能を発揮し、敵機の捜索に役立つと大いに期待された。大和型戦艦は艦内に各種装置を設置するための余裕があり、まず〝戦艦「大和」にレーダーを設置すべき〟としたフォーデルス技師の判断は、やはり正鵠《せいこく》を射《い》ていたことがみなに認められた。

　この対空見張り用レーダーは、戦艦「大和」の一五・五センチ測距儀上に二基が設置され、艦政本部は「大和」への設置を機に「二式二号一型改」電波探信儀として制式採用にふみきり、以後は帝国海軍の空母や戦艦などに順次設置されてゆくことになる。

　ちなみに海軍技研が独力で開発した「一号一型」電探（陸上設置型）は、最大でも一四五キロメートルの探知能力しかなかったので、この「二号一型改」の探知能力は飛躍的に向上したと言ってよかった。当然ながら艦載用レーダーは、陸上用レーダーに比べて設置スペースに大きな制限を受けるのだ。

　対空レーダーを装備した戦艦「大和」は、南雲機動部隊の一員として「ミッドウェイ作戦」に参加することになった。出撃する「大和」には、海軍技研の技術士官である吉田稔《みのる》大尉が乗艦し、各種レーダー装置の運用および調整に当たることとなった。

　待望の新型戦艦「大和」が改造工事を受けていたので、連合艦隊の旗艦は依然として戦艦「長門」が務めていた。山本大将の将旗を掲げる戦艦「長門」も機動部隊の後方から出撃してゆくことになっていたが、五月八日におこなわれた「サンゴ海海戦」で、帝国海軍は主力空母「翔鶴《しょうかく》」が中破して、同じく空母「瑞鶴《ずいかく》」も搭乗員や機材の多くを失い、南雲機動部隊は主力空母四隻の陣容で「ミッドウェイ作戦」を遂行しなければならない。母艦兵力の減少は痛手にちがいなかったが、そこへ戦艦「大和」や二式雷爆が加わり、連合艦隊司令部は五月二〇日付けで、機動部隊の編成を一新したのである。

第一機動部隊　指揮官　南雲忠一中将
　第一航空戦隊　司令官　南雲中将直率
　　空母「赤城」「加賀」
　第二航空戦隊　司令官　山口多聞《たもん》少将
　　空母「飛龍《ひりゅう》」「蒼龍《そうりゅう》」
　第一一戦隊　司令官　山縣正郷《やまがたまさくに》中将
　　戦艦「大和」「霧島」「榛名《はるな》」
　第八戦隊　司令官　阿部弘毅《ひろあき》少将
　　重巡「利根」「筑摩《ちくま》」
　第一〇戦隊　司令官　木村進少将

軽巡「長良《ながら》」　駆逐艦一二隻

第一航空戦隊　司令官　南雲中将直率
空母「赤城」　搭載機数・計六〇機
（零戦二四、艦爆一八、雷爆一八）
空母「加賀」　搭載機数・計六九機
（零戦二四、艦爆一八、雷爆二七）
第二航空戦隊　司令官　山口多聞少将
空母「飛龍」　搭載機数・計六〇機
（零戦二四、艦爆一八、雷爆一八）
空母「蒼龍」　搭載機数・計五九機
（零戦二一、艦爆一八、雷爆一八、艦偵二）
※艦爆は九九式艦爆、雷爆は二式雷爆、艦偵は二式艦偵

第一機動部隊指揮官の南雲忠一中将は空母「赤城」に将旗を掲げ、ミッドウェイ作戦時も「赤城」艦上で指揮を執ることになる。

特筆すべきは戦艦「大和」を指揮下に加えた第一一戦隊であるが、連合艦隊司令部は、このたび戦艦「霧島」「榛名」の二隻を第三戦隊の指揮下から引き抜き、戦艦「大和」を加えた三隻で新たにこの第一一戦隊を編成した。むろん対空レーダーを装備した戦艦「大和」で機動部隊の作戦を支援させようというのだが、問題はその司令官にだれを起用するか、ということだった。

帝国海軍の狙いは言うまでもなくミッドウェイ島の占領だが、米戦艦の多くがいまだ修理中のため、ミッドウェイ作戦時に戦艦同士の砲撃戦が生起するとは考えにくい。そこで連合艦隊司令部は航空戦に理解のある山縣正郷中将（五月一日付けで中将に昇進）の起用を求め、海軍省・人事局も連合艦隊司令部の求めに応じて山縣中将を第一一戦隊の司令官に任命した。

山縣正郷は海兵三九期の卒業、昭和七年に航空本部総務部員となって空母「鳳《ほう》翔《しょう》」の艦長なども務め、それ以降はずっと航空関係の職にたずさわっていた。第八戦隊司令官の阿部弘毅少将とは海兵の同期だが、阿部はいまだ中将に昇進していないので、当然、山縣のほうが先任となる。

山縣の「大和」への着任は四月下旬にはすでに内定しており、彼は「大和」艦上へ赴《おもむ》いてフォーデルス技師から直接、レーダーに関するレクチャーを受けていた。

「空襲部隊（味方空母四隻）がミッドウェイに攻撃を仕掛ければ、必ず敵機の反撃があるだろうから、敵機の来襲を『赤城』司令部へただちに報告し、作戦全体を支援してもらいたい」

山本五十六がそう言って念押しすると、むろん山縣正郷はこれにこくりとうなずいて「大和」に着任した。

歴戦の搭乗員を擁する南雲機動部隊がおいそれと負けるはずはない。今や連合艦隊司令部にとって「大和」に搭載した対空レーダーがいったいどのような働きをするのか、そのことがミッドウェイ作戦時における、重要な関心事のひとつとなっていた。

それと、レーダーのほかに注目すべき大きな関心事がもうひとつある。九七式艦攻と交代して今回、はじめて母艦四隻へ配備されることになった二式雷爆の働きである。

帝国海軍は今回、急降下爆撃と雷撃が可能な画期的艦上機を、世界ではじめて母艦へ配備し、欧米列強に先駆けて、その効果を実戦で試すことになる。

本来であれば、九九式艦爆もすべて母艦から降ろし、零戦や艦偵以外の搭載機を二式雷爆のみで統一したいところであった。けれども雷爆撃機の生産数が足りず、今回は九九式艦爆と二式雷爆の併用でゆくしかなかった。

雷爆撃機のみで統一できず多少のうらみは残るが、米空母が出て来る可能性は低く、ミッドウェイ作戦では基地攻撃が主流となる。基地に爆撃をおこなう場合、従来の艦攻では水平爆撃しかできず高い命中率を期待できないが、二式雷爆なら緩降下爆撃もしくは急降下爆撃が可能なので、より高い命中率を期待できる。

むろん米空母が出て来る可能性は完全には否定できないが、このとき帝国海軍の将兵にはあきらかに驕《おご》りがあった。

――米空母は出て来ても二隻だ……。世界最強の南雲部隊が出てゆけば、米軍は怖気《おじけ》づいてミッドウェイ近海に空母を出せないだろう。

したがって、ミッドウェイ作戦では基地攻撃が主流となる。が、万一、米空母が現れたとしても二式雷爆は当然、雷撃も可能であり、まったく問題はなかった。

そして、第一機動部隊の搭乗員はみな帝国海軍きっての猛者《もさ》ぞろいであり、空母四隻の艦上には敵ミッドウェイ基地を無力化するための兵力が充分にそろっていた。

第一機動部隊の航空兵力は零戦九三機、九九式艦爆七二機、二式雷爆八一機、二式艦偵二機の計二四八機。

零戦のうちの二一機は、各母艦固有の艦載機ではなく、占領後にミッドウェイ基地へ配備するための零戦だったが、南雲中将の指揮下には優に二〇〇機を超える攻撃機が在《あ》るので、航空兵力に不足はない。

むろん南雲自身は、指揮下に戦艦「大和」と二式雷爆が加わったことを歓迎しており、ミッドウェイ作戦はまさにこれら新兵器を試すよい機会であった。

昭和一七年五月二七日。南雲忠一中将の率いる第一機動部隊は、一路ミッドウェイ島・北西沖の洋上をめざして、意気揚々と瀬戸内海から出撃したのである。

3

六月二日・午前一〇時。南雲中将の第一機動部隊は濃霧のなかにいた。視界は六〇〇メートルもなく、僚艦・空母「加賀」の影もおぼろげだ。

部隊間の連絡には探照灯を使用していたが、強力な探照灯を使っても信号の伝達に困難を感じるほどだった。

濃霧のため対潜哨戒機を飛ばすことはできないが、米潜水艦に対する警戒は一刻たりともおろそかにできなかった。見張りを二重にしたが、視界が六〇〇メートル以下では、どれだけ効果があるか、はなはだ疑問だった。

南雲中将とその幕僚は空母「赤城」の狭い艦橋に立ち、艦長の青木大佐が左舷に、航海長の三浦中佐が中央・羅針盤の後方に立って、その全神経を集中し警戒に当たっている。

南雲にとって、これ以上、気の疲れる航海はかつてなかった。

第一機動部隊は午前一〇時三〇分に針路を変更することになっている、が、濃霧で信号の伝達が困難なため、南雲は、針路変更に無線を使うべきかどうかで迷っていた。

問題は米艦隊がどこにいるかだが、通信参謀は敵艦隊に関する情報をなんら得ていなかった。

衝突を避けるため、結局、南雲は無線の使用を許可したが、このとき南雲司令部は、米空母の動向を知るための、最大のチャンスをすでに逃していたのだった。

部隊には受信能力に優れた戦艦「大和」が随伴しており、確かに「大和」は午前九時ごろに微弱な電波を受信していた。しかし、さしもの「大和」艦上でも、それが〝米艦隊が発したもの〟とは特定することができなかった。

さらに南雲部隊の後方・約五〇〇海里には山本五十六大将の主力部隊が続いていたが、霧中航行で悩む南雲司令部を、見捨てるような結果になっていたのである。

じつは、後方五〇〇海里に位置する主力部隊では、さほど霧が濃くなく、山本大将の座乗する戦艦「長門」は、米空母の呼び出し符号らしき信号をきっちりと受信していた。

また、ほぼ同じころ、東京の軍令部は山本が乗る「長門」に対して、米空母部隊の一部がミッドウェイ近海で行動している可能性がある、という極めて重大な情報を送信していた。

その電報を読んだ山本は、首席参謀の黒島亀人《かめと》大佐に向かって、にわかに諮《はか》った。

「この電報は、私の名前か連合艦隊の名前で、南雲部隊に転送したほうがよいのではないか」

すると黒島は、ちょっと考えたようにしてから答えた。

「いえ、この電報は第一機動部隊も宛先になっておりますから、同じものを連合艦隊司令部から第一機動部隊へ転送する必要はないと思います。わが部隊は無線封止を実施中ですので、それを破るべきではないと考えます」

黒島のこの返答によって、南雲機動部隊が事前に米空母部隊の〝待ち伏せ〟を知る機会は完全に失われてしまった。

そして、帝国海軍の暗号を事前に解読したアメリカ太平洋艦隊は、ミッドウェイ北東海域へ主力空母「エンタープライズ」「ホーネット」「ヨークタウン」の三隻をすでに派遣し、南雲機動部隊がわなに掛かるのを虎視眈々《こしたんたん》と待ちかまえていたのである。

第四章　ミッドウェイでの成功

1

一九四二年（昭和一七年）・ミッドウェイ現地時間で六月四日（日本時間では六月五日）――。

すでに戦いは始まっていた。

『敵はその後方に空母らしきものを伴う！』

遅れて発進していた利根四号機が、旗艦「赤城」司令部にそう打電してきたのは、ミッドウェイ現地時間で午前八時二〇分のことだった。

――やっ、やはり米空母がいた！

報告を受けた瞬間、空母「赤城」の艦上が凍りつき、南雲中将以下、第一機動部隊司令部の全員が〝しまった！〟と思った。

第一機動部隊の空母四隻はすでにミッドウェイ島へ向けて攻撃隊を放ち、あと二〇分ほどでミッドウェイを空襲した攻撃機が機動部隊の上空へ帰投して来ることになっていた。敵基地に対する攻撃効果は不充分と報告されたので、母艦四隻の艦上ではすでにミッドウェイ再攻撃の準備が進められていた。けれどもそこへ、突如として〝米空母出現！〟の報告が飛び込んできたのである。敵空母に〝待ち伏せされた！〟と思い、赤城司令部の面々が戸惑うのは無理もなかった。

——いかん！　艦上に在《あ》る攻撃機はすべて基地攻撃用の兵装で待機している。だが、空母を攻撃するには、敵艦攻撃用の兵装へ急いで転換する必要がある！

そのとおりだった。空母を確実に撃沈するにはどうしても〝雷撃〟が必要だ。しかし味方空母四隻の艦上で待機している攻撃機は今、すべて基地攻撃用の〝爆弾〟を装備していた。

敵空母が出て来たからには、基地への攻撃は後回しにして、出て来た米空母を真っ先に攻撃しなければならない。けれども、ミッドウェイを空襲した攻撃機があと二〇分ほどで上空へ帰投して来るので、わずか二〇分で爆装から雷装への転換を終えるのはとても不可能だった。しかも南雲機動部隊は、ミッドウェイから来襲した敵機の空襲を受けている真っ最中だった。

するとそのとき、空母「飛龍」に座乗する第二航空戦隊司令官の山口多聞少将が、駆逐艦「野分《のわき》」を経由して信号してきた。

『現兵装のまま、即刻、攻撃隊を発艦せしむるを可と認む！』

つまり山口少将は、魚雷への兵装転換をやらずに、現在艦上待機中の攻撃機が装備している爆弾をそのままとし〝すぐさま米空母に攻撃を仕掛けよう〟というのであった。

　第一航空戦隊　司令官　南雲中将
　　空母「赤城」　雷爆一七機／陸用五〇番
　　空母「加賀」　雷爆二六機／陸用五〇番
　第二航空戦隊　司令官　山口少将
　　空母「飛龍」　艦爆一八機／陸用二五番
　　空母「蒼龍」　艦爆一八機／陸用二五番
※五〇番は五〇〇キログラム爆弾、二五番は二五〇キログラム爆弾

空母「赤城」「加賀」は二式雷爆一機ずつを索敵に出しており、このとき空母四

隻の艦上では九九式艦爆三六機と二式雷爆四三機が待機していた。

これら七九機の装備する爆弾はすべて陸上攻撃用の爆弾で、機数の少ない「赤城」「飛龍」「蒼龍」は、艦上で待機中の全機がすでに爆弾の装着を完了していた。けれども「加賀」のみは機数が多いため、一部の二式雷爆が爆弾の装着を終えておらず、兵装作業を完了するのにあと一五分ほど掛かりそうであった。

山口司令官から信号を受け、空母「赤城」艦上の南雲中将は〝はっ〟と気づいて、ただちに決断した。

――そうだ……、二式雷爆は緩降下爆撃が可能だ！　幸い、同機は今、五〇〇キログラム爆弾を装備しているので、緩降下爆撃で攻撃を仕掛ければ、敵空母に対してある程度の攻撃効果を期待できるかもしれない。

二式雷爆はまさにこのような状況のときのために積んできたようなものである。その価値を試さない、という手はなかった。

午前八時二五分。南雲はうなずいて、ただちに命じた。

「艦上待機中の全機を、米空母に対する第一波攻撃隊としてただちに発進させよ！」

それはよかったが、もうひとつ問題がある。米空母に対する第一波攻撃隊を〝まるはだか〟で出すわけにもいかず、攻撃隊に随伴する零戦を急いで工面する必要がある。ところが、部隊は空襲を受けている真っ最中なので、手持ちの零戦はすべて上空へ出はらっていた。

するとそれを察して、航空参謀の源田実《げんだみのる》中佐がにわかに進言した。

「ミッドウェイから帰投して来る攻撃隊のなかから零戦数機を工面して、第一波攻撃隊に随伴させるしかありません！」

なるほど、およそこの手しかなかった。

そもそも艦上待機中の七九機はミッドウェイ基地への再攻撃に使うつもりでいたので、先発のミッドウェイ空襲隊が帰投して来るであろう午前八時四〇分ごろまでには全機が兵装作業を完了して発艦できるよう手はずが整えられていた。最も機数の多い「加賀」でも八時四〇分には発艦の態勢を執《と》れる予定であった。

四空母の艦上をカラにしておかなければ、飛行甲板がひどく混雑し、帰投機の収容にかなりの時間を費やしてしまうからである。

そしてたった今、南雲中将が、艦上待機中の第一波の攻撃目標を、ミッドウェイ基地から米空母へ変更したので、あと一五分ほどで四空母の艦上はカラになり、ミッドウェイ攻撃から帰投中の味方艦載機は迅速に収容できる。そのなかには三四機の零戦（ミッドウェイ攻撃時に二機を喪失）も含まれていたので、源田はそのうちの零戦数機を割いて、米空母の攻撃に随伴させよう、というのであった。

南雲は源田の進言にうなずくや、すぐさま聞き返した。

「米空母の攻撃に何機付ける？」

「第一波随伴の零戦は、各母艦から六機ずつ、計二四機は付けたいところです」

南雲が無言でうなずくと、この方針はすぐに空母「加賀」「飛龍」「蒼龍」にも伝えられ、四空母の艦上がにわかにあわただしくうごき始めた。

すでに兵装作業を完了していた空母「赤城」「飛龍」「蒼龍」では、南雲の発進命令に応じて時を移さず第一波の二式雷爆や九九式艦爆が続々と発艦を開始し、午前八時四〇分にはその全機が上空へ舞い上がった。これら三空母は、ちょうどそこへ帰投して来たミッドウェイ攻撃隊を、すでに収容しようとしている。

だが、独り「加賀」はそういうわけにはいかなかった。空母「加賀」ではその作業がやはり一五分ほど遅れ、第一波の全機が発進を完了したのは午前八時五五分のことだった。

事は一刻をあらそうので「加賀」の遅延を待っているような余裕はない。独り置いてきぼり喰った空母「加賀」は、今ようやく帰投機の収容を開始した。

午前九時ちょうど。先行する三空母「赤城」「飛龍」「蒼龍」は、源田参謀の攻撃方針に従って、第一波に随伴させる零戦六機ずつを、早くも上空へ舞い上げた。

空母「加賀」艦上でも遅ればせながら零戦の補給作業が始まったが、銃弾やガソリンを補充するのにたっぷり二〇分ほど掛かり、「加賀」の艦上から零戦六機が舞い上がったのは午前九時一五分のことだった。

空母「赤城」「飛龍」「蒼龍」から発進した第一波攻撃隊の第一群・零戦一八機、艦爆三六機、二式雷爆一七機は、すでに敵艦隊上空をめざして東進しており、はるか彼方の空へと消えてゆく。

そして今、ようやく「加賀」から発進した零戦六機、二式雷爆二六機が東進を開始して、第一波攻撃隊は結局、二群に分かれて進撃してゆくことになった。

かたや洋上では、帝国海軍の主力空母四隻がなおも帰投機の収容を続けており、先行する三空母は午前九時二五分に全機の収容を完了、空母「加賀」も午前九時四〇分になってようやく収容作業を完了した。

第一波攻撃隊が発進するまで敵機の空襲が下火になっていたことは南雲機動部隊にとって幸いだったが、午前九時三三分には早くも、空母「蒼龍」発進の江草《えぐさ》機から通報があった。

『敵機多数がわが空母群上空へ向かう！』

江草隆繁《たかしげ》少佐の九九式艦爆は空母「蒼龍」から発進し、第一波攻撃隊の第一群を率いて東進していた。その途中、東へ七五海里ほど前進したところで、同機は、米空母から発進したに違いない敵機群と遭遇し、その旨を通報してきたのだ。

江草機の通報を受けて、南雲司令部のだれもがいよいよ確信した。

――やはり米空母は近くで行動している！　その敵空母がわが方へ向けてひと足はやく艦載機を放ってきたのに違いない！

江草機と遭遇した米軍攻撃隊は早ければあと三〇分ほどで第一機動部隊の上空へ到達すると思われたが、すでに午前九時一五分には「加賀」も第一波攻撃隊の発進を終えており、麾下《きか》の空母四隻は、敵艦載機から不意撃ちを喰らう前に、なんとか臨戦態勢を整えることができた。

しかし午前九時二〇分過ぎから、再び敵機が来襲し始め、旗艦・空母「赤城」艦上で指揮を執る南雲忠一中将には、まったく気のやすまるときがなかった。

2

レイモンド・A・スプルーアンス少将の率いる空母「エンタープライズ」と「ホ

ーネット」は北東から日本軍機動部隊に接近したあと、午前七時五五分には攻撃隊・全機の発進を終えていた。

その兵力はワイルドキャット戦闘機二〇機、ドーントレス急降下爆撃機六八機、デヴァステイター雷撃機二九機の計一一七機。

このうち二九機のデヴァステイター雷撃機は午前九時二五分ごろから日本の空母群に対し雷撃を敢行したが、まったく戦果を得られなかった。

米軍攻撃隊は空中集合に失敗し、ホーネット爆撃隊のドーントレス三五機は、南雲機動部隊を発見できずに反転、そのうち一三機は母艦への帰投もあきらめて、ミッドウェイ島の味方飛行場へと向かった。

残るエンタープライズ爆撃隊のドーントレス三三機は、日本の空母群は〝針路を北へ変更しているに違いない〟と予想して、なおも西進していたが、午前一〇時の時点でいまだ南雲機動部隊の上空には到達していなかった。

かたやフランク・J・フレッチャー少将の率いる空母「ヨークタウン」は、午前八時三〇分ごろから攻撃隊の発進を開始し、その全機を午前九時五分までに上空へ舞い上げた。

その兵力はワイルドキャット戦闘機六機、ドーントレス急降下爆撃機一七機、デヴァステイター雷撃機一二機の計三五機。

このうち一二機のデヴァステイター雷撃機は午前一〇時から午前一〇時一五分ごろに掛けて、日本の空母群に対し雷撃を敢行したが、こちらもなんら戦果を得ることなく、ゼロ戦によって撃退されていた。

したがって、アメリカ軍・空母三隻から発進した四一機のデヴァステイター雷撃機は、南雲部隊を守るゼロ戦によって、すべて撃退されていたのである。

午前一〇時一五分の時点で、アメリカ側の攻撃兵力は、エンタープライズ隊のドーントレス三三機とヨークタウン隊のドーントレス一七機を残すのみとなっていた。

ちなみに、午前九時三〇分過ぎに江草少佐の第一波攻撃隊と上空ですれ違っていたのは空母「ヨークタウン」から発進したドーントレス一七機であった。

南雲機動部隊はこのように、午前一〇時一五分までに来襲した米軍艦載機を、零戦の迎撃によってことごとく退けていたが、そんななか午前九時五二分には、戦艦「大和」の対空見張り用レーダーが急接近しつつある敵機の一群を東方に探知して、同艦座乗の山縣正郷中将は旗艦「赤城」へ向けて緊急電を発していた。

『機動部隊の東方・約六〇海里付近から敵機群が接近しつつある！　その数およそ四〇機。注意されたし！』

戦艦「大和」艦上からなされたこの報告は、日本側にとって、この海戦中〝最も重要な報告になった〟と言ってよかった。

南雲機動部隊を守る零戦は、それまでに来襲した米軍雷撃機を迎撃するために多くが低空へ舞い下りていた。けれども、この通報を受けて二〇機近くの零戦が大急ぎで高度を確保し、東方上空へ迎撃に向かうことができたのである。

言うまでもなく、戦艦「大和」のレーダーがとらえた機影は、エンタープライズ隊のドーントレス三三機とヨークタウン隊のドーントレス一七機だった。

じつは、東へ迎撃に向かうことのできた零戦は全部で一八機だった。一八機の零戦は九機ずつ二手に分かれ、エンタープライズ隊とヨークタウン隊に対して急襲を仕掛けた。

このとき南雲機動部隊の東方上空は完全にがら空きとなっており、もし「大和」の対空レーダーがこれらドーントレスの群れを探知していなければ、第一機動部隊はおそらく壊滅的な損害を受けていたに違いなかった。

一八機の零戦は猛然と迫り、横殴りでしゃにむに急襲を仕掛けた。しかしながら、米軍爆撃隊はもはや味方機動部隊の間近まで迫っており、さしもの零戦といえどもその全機を撃退することはできなかった。

エンタープライズ隊は一九機のドーントレスが空母群上空への進入に成功し、ヨークタウン隊は六機のドーントレスが零戦の追撃をかわして、空母群上空への進入に成功していた。

午前一〇時二二分。米軍爆撃隊から真っ先に狙われたのは、このとき最も南東寄りで航行していた空母「加賀」だった。

エンタープライズ隊のドーントレス一四機が相次いで空母「加賀」に襲い掛かり、わずか一〇分足らずの攻撃で、不運な「加賀」は爆弾三発を立て続けに被弾、艦上が火の海と化して、艦橋が爆風で吹き飛ばされた。

空母「加賀」は、艦橋近くで炸裂したこの爆弾がまさに致命傷となり、艦長の岡田次作《じさく》大佐を含め、多くの士官が命を落とし、結局この日の夜には沈没してしまう。

そして午前一〇時二五分、次に爆撃を受けたのは空母「蒼龍」だった。

空母「加賀」の西側でほぼ並走していた「蒼龍」は、零戦の追撃を振り切ったヨークタウン隊のドーントレス六機から狙われ、艦長の柳本大佐はとっさに〝取り舵〟を命じ、左への急旋回でこれをかわそうとした。

艦長の柳本柳作《りゅうさく》大佐は「大和」からの通報を受け、敵爆撃機の進入をゆるすその直前から増速を命じていた。そのため最初のドーントレスが降下し始めたとき、空母「蒼龍」の速度はすでに三〇ノットを超えていた。

はたせるかな高速で疾走する「蒼龍」は上空から投じられた爆弾を次々とかわしていったが、さしもの柳本艦長もすべての爆弾を避けきることはできなかった。

六機目の投じた爆弾がついに飛行甲板前部をとらえ、空母「蒼龍」の速度は一時二〇ノット近くまで低下した。

しかし「蒼龍」は、被弾からおよそ一〇分後には見事消火に成功し、飛行甲板もなんとか使用可能な状態にまで復旧。午前一一時一〇分に艦長の柳本大佐は、山口少将の座乗する僚艦・空母「飛龍」へ向けて〝本艦は戦闘力を維持している〟と信号してきたのであった。

「そうか、『蒼龍』が戦闘可能なら、勝負はこれからだ！」

山口少将も思わずひざをうち、柳本艦長の報告を頼もしく聞いたが、日本側の被害はこれで終わりではなかった。

このときほぼ同時に機動部隊の旗艦・空母「赤城」も爆撃を受けており、「赤城」の被害はより深刻だった。

空母「赤城」はエンタープライズ隊のドーントレス五機から襲われた。そのうちの一機の投じた爆弾が、なんと「赤城」の飛行甲板・ほぼど真ん中へ命中し、格納庫で炸裂。そこに駐機していた艦爆などに火災が燃え広がり、火の勢いがなかなか収まらなかった。

そのため飛行甲板の復旧作業がままならず、業火《ごうか》は下部納庫やボイラー近くにまで達し、さらなる引火を防ぐために艦長の青木泰二郎《たいじろう》大佐は、機関部へ注水せざるをえなかった。

被弾からおよそ四〇分後に「赤城」はようやく鎮火に成功したが、ボイラーに大量の海水を注水したため、空母「赤城」の速度は時速一三ノットまで低下してしまい、業火と黒煙の影響で飛行甲板の復旧が不可能となり、第一機動部隊の旗艦・空母「赤城」は敢え無く戦闘力を喪失してしまったのだった。

空母「赤城」はかろうじて自力での航行が可能で、沈没だけはなんとか免《まぬが》れそうであった。しかしながら、速度がわずか一三ノットに低下し、旗艦としてはいかにも不都合になったため、南雲忠一中将以下、機動部隊司令部の面々は駆逐艦「野分」を経由して、旗艦を軽巡「長良」へ移すことにしたのである。

南雲中将が指揮を執れなくなり、機動部隊の指揮権は次席指揮官の山縣正郷中将によって引き継がれた。しかし山縣中将は、戦艦「大和」艦上で空母戦の指揮を執るのはむつかしいと考え、第二航空戦隊司令官の山口多聞少将に航空戦の指揮を任せることにした。

山縣中将のこの判断は賢明だった。先刻発進させた第一波攻撃隊がすでに米艦隊上空へ到達しており、江草機の報告によって、出て来た米空母はなんと三隻であることが判明していた。

三隻の米空母を相手に、戦いの帰趨《きすう》は空母「飛龍」「蒼龍」の戦い方いかんによって決するといってよく、山縣は二空母を率いる山口少将が存分に指揮を執れるよう配慮したのだ。

山口少将の旗艦・空母「飛龍」が第一波攻撃隊の突撃命令を受信したのは午前一〇時一八分のことだった。

第一波攻撃隊の第一群を率いる江草少佐は、まず洋上に米空母「ヨークタウン」を発見し、さらに足を延ばして米空母「エンタープライズ」と「ホーネット」も見つけ出した。

江草は、味方機動部隊の上空へ来襲した敵機の多さから〝米空母は一隻だけではない！〟と判断し、空母「ヨークタウン」の二〇海里ほど南で行動していた空母「エンタープライズ」と「ホーネット」も抜かりなく見つけ出したのだった。

出した攻撃機を収容する必要があるため、米空母三隻はこのとき比較的近くで行動しており、そのことが日本側にとって幸いした。

——や、やはり米空母は三隻もいる！　敵に二の矢を継がせぬためにも、これら三隻をもらさず撃破する必要がある！

江草は当然のようにそう判断し、敵三空母に対して均等に攻撃機を差し向けることにした。

攻撃兵力は必ずしも充分とは言えない。

敵空母群の上空へ到達するまでに江草の第一群は、敵ワイルドキャット戦闘機の迎撃に遭い、すでに零戦五機、艦爆一二機、二式雷爆四機を失っていた。

零戦を除く残る攻撃兵力は、艦爆二四機、二式雷爆一三機のあわせて三五機だ。

江草は米艦隊の配置をすばやく見て取り、まず手前の敵空母（ヨークタウン）に赤城雷爆隊の一三機を差し向けて、みずからは蒼龍、飛龍の艦爆二四機を率いて、残る二隻の米空母に対し攻撃を仕掛けることにした。

そして、突撃命令を発したのが午前一〇時一八分のこと、この命令によって空母「ヨークタウン」に二式雷爆一三機が襲い掛かり、空母「エンタープライズ」と「ホーネット」にそれぞれ九九式艦爆一二機ずつが襲い掛かることになった。

ところで、このとき一三機の二式雷爆を直率して飛んでいたのは赤城飛行隊長の村田重治《しげはる》少佐だった。言わずと知れた雷撃の名手である。彼は魚雷を搭載しての出撃には絶対の自信を持っていたが、さしもの村田少佐も五〇〇キログラム爆弾を搭載して実戦で戦うのは、これがはじめてのことだった。ただし村田らは、緩降下爆撃の訓練は一応受けていた。基地攻撃をおこなう可能性が高かったからであるが、急降下爆撃の訓練をおこなう余裕は出撃前にはとてもなかった。

このとき二式雷爆は一三機とも、陸上攻撃用の五〇〇キログラム爆弾一発ずつを搭載していたので、敵空母に対する攻撃は当然、緩降下爆撃でゆくことになる。

——胸を張って自信があるとは言えぬが、とにかく基地攻撃の要領でやってみるしかない！

村田は、心のなかで自身にそう言い聞かせながら空母「ヨークタウン」の上空へ編隊を誘導、意を決して突入を命じた。

しかし、狙う米空母はしぶきをあげながら三〇ノット近くの高速で疾走しており、爆弾を命中させるのは至難の業だった。

列機は遭《あ》えなく爆撃をしくじってゆく。

いつもなら（雷装時なら）村田機は、たいてい指揮官先頭で突っ込んでゆくのだが、不慣れな爆撃だけに、このとき村田はしばらく上空で事のなりゆきを見守っていた。

多くの機が二五度～三〇度の角度で降下していたが、これでは〝洋上を疾走する空母には命中しない〟とそう感じた村田は、もうすこし角度を浅くして、高速で、いよいよみずから突入してゆくことにした。

はたせるかな数一〇秒後、この判断が功を奏して、村田機の投じた爆弾一発がついに空母「ヨークタウン」の左舷舷側に命中した。

その瞬間、敵空母の撃ち上げる対空砲火が一瞬止み、そこへすかさず、もう一機が降下して、やっとの思いで、狙う米空母の飛行甲板へ爆弾一発をねじ込んだ。

直後に艦上で火災が発生し、空母「ヨークタウン」は一時的に戦闘力を喪失、速度もおよそ二五ノットまで低下した。

しかし、不慣れな爆撃では、二発の爆弾を命中させるのが精いっぱいだった。

結局、空母「ヨークタウン」は、出しうる速度が二七ノットに低下したが、ただちに火を消し止めて三〇分後には艦載機の運用が可能になったのである。

かたや、江草少佐の率いる蒼龍爆撃隊と小林道雄《みちお》大尉の飛龍爆撃隊は、その間に遺憾《いかん》なく、持ち前の実力を発揮していた。

両爆撃隊は、疾走する敵空母二隻をものの見事にとらえ、ともに爆弾三発ずつを命中させて、空母「エンタープライズ」と「ホーネット」を中破した。

しかし、いかんせん命中した爆弾が破壊力に欠ける二五〇キログラム爆弾で、しかも、六発とも陸上攻撃用の爆弾だったため、空母「エンタープライズ」にも「ホーネット」にも致命傷を負わせることはできなかった。

両空母ともいまだ充分に戦闘力を保持しており、空母「ホーネット」の速力は二二ノットに低下したものの、空母「エンタープライズ」はいまだ三〇ノットでの航行が可能であった。

空母部隊を率いるフランク・J・フレッチャー少将とレイモンド・A・スプルーアンス少将はともに安堵の表情を浮かべていたが、日本側の攻撃はこれで終わりではなかった。

そこへ、後れて出撃していた「加賀」発進の第二群が到着し、時を移さず空母「ホーネット」に対して爆撃を敢行した。

空母「加賀」発進の第二群もまた、米艦隊の上空へ到達するまでに敵ワイルドキャットから派手なお出迎えを受け、零戦三機と二式雷爆一一機をすでに失っていた。

めざす空母群の上空へ到達したとき、第二群の残る兵力は二式雷爆一五機のみとなっており、加賀飛行隊長の北村一良《かずよし》大尉は、この時点であきらかに速度の低下していた空母「ホーネット」に攻撃を集中することにした。

第一群が攻撃を終えたばかりで米空母はいまだ三隻とも艦上から煙を上げていたし、不慣れな緩降下爆撃で戦果を挙げるには、速度低下の著しい空母を狙って攻撃したほうが〝確実だ〟と北村は考えたのだった。

北村は指揮官先頭で突入した。が、同機が投じた爆弾は至近弾となったものの、残念ながら「ホーネット」には直撃しなかった。続けて突っ込んだ列機も爆撃に失敗している。

しかし至近弾によって水柱が林立し、空母「ホーネット」はゆく手をさえぎられ、直進航行を余儀なくされた。そこへ三機の二式雷爆が襲い掛かり、ついに爆弾一発が命中。

艦上でその爆弾が炸裂すると「ホーネット」の速力はにわかに低下、残る二式雷爆がすかさず襲い掛かり、さらに二発の爆弾を命中させた。

命中した三発の爆弾はいずれも破壊力の大きい五〇〇キログラム爆弾だ。しかも、そのうちの二発は敵艦攻撃用の通常爆弾で、一発は「ホーネット」の艦内奥深くまで到達し炸裂した。

利根四号機が米空母の存在を報告したとき、空母「加賀」の艦上では六機の二式雷爆がいまだ爆弾を装備していなかった。そのため他の三空母よりも攻撃隊の出撃が遅れたが、未装備だった六機の二式雷爆にはいずれも敵艦攻撃用の通常爆弾が装着されていたのであった。

艦内奥深くまで達した五〇〇キログラム通常爆弾は、空母「ホーネット」のボイラー室を破壊しながら炸裂した。結局この一発が同艦に大損害をあたえた。爆撃を受けた直後、ボイラー室の一つが完全に破壊されて「ホーネット」の速度は一気に一〇ノットまでおとろえた。

艦内に火災が燃え広がり、火の勢いがなかなかおさまらない。このあと火を消し止めるのにたっぷり一時間を要し、不運な空母「ホーネット」は結局、二五〇キログラム爆弾三発と五〇〇キログラム爆弾三発を喰らって、ついに戦闘力を喪失したのである。

僚艦・空母「ホーネット」の惨状を察し、スプルーアンス少将はすぐに「ホーネット」に退避を命じた。

時刻は午前一〇時五〇分になろうとしている。こしゃくな日本軍機はようやく上空から姿を消したが、フレッチャーとスプルーアンスはにわかに進退の決断を迫られていた。

日本側のすばやい反撃によって、空母「ホーネット」が大破し、「ヨークタウン」と「エンタープライズ」は戦闘力を維持しているものの、両空母とも手傷を負った。両少将は真珠湾から出撃する前に、太平洋艦隊司令長官のチェスター・W・ニミッツ大将から重大な警告を受けていた。

「敵に大損害を与える見込みがない限り、味方空母を傷付けてはならない！」

この警告に照らして現在の状況をよく精査してみると、もはやこれ以上、戦いに深入りするのは禁物だった。

味方空母は沈没艦こそ出していないが、すでに三隻とも傷付いている。しかも「ホーネット」の被害は甚大だ。これに対して日本側は、大型空母一隻が致命傷を負い、もう一隻も大破して戦闘力を失っている。だが、中型空母二隻はいまだ戦闘力を維持しているようなので、作戦の続行が可能な空母は敵味方双方ともに二隻ずつだ。

午前一一時前のこの時点で、戦いはおよそ〝痛み分け〟といったところだが、おそらく日本軍の空母「加賀」は沈没しそうなので、戦果ではアメリカ側が上回り、フレッチャーもスプルーアンスも〝このへんが潮時だ〟と思った。

日本側が作戦を続行すればミッドウェイを失うことになるかもしれないが、なにせ日本軍にはいまだ戦闘に参加していない補助空母や戦艦などがわんさといる。手負いの空母「エンタープライズ」と「ヨークタウン」だけでその攻撃を防ぐのはどうみても不可能だった。

ダッチ・ハーバーを空襲して来た空母なども含めると、日本側には、いまだ戦闘に参加していない空母が少なくとも三隻はおり、戦艦も一〇隻を超えるに違いなかった。

しかしながら、すぐに撤退を命じるわけにもいかない。空母「ヨークタウン」と「エンタープライズ」は出した艦載機を収容する必要があり、フレッチャー少将とスプルーアンス少将はそれまで戦場にふみとどまる覚悟を決めたのである。

3

いっぽう、航空戦の指揮を任された山口多聞少将は、僚艦の空母「蒼龍」が戦闘力を維持していると知るや、艦上の将兵らを叱咤《しった》激励し、ありったけの闘志を奮い立たせていた。

「なんとしても『加賀』のかたきをとる！　出て来た米空母は三隻だが、そのうちの一隻は第一波が見事、撃破した。敵は手持ちの艦載機をすべてはたいて全力攻撃を仕掛けてきたに違いなく、われわれは今〝後の先〟をにぎっている。この機を逃さず一気に第二撃を仕掛け、残る米空母二隻も叩きのめしてやれ！」

空母「飛龍」「蒼龍」の艦上にはまだ、攻撃機が残っていた。

ミッドウェイ攻撃から帰投して来た第二航空戦隊の二式雷爆だ。その数三二機。二航戦・雷爆隊はミッドウェイ攻撃で四機を失っていた。

山口が第二撃を宣言すると、その気合がたちまち将兵らに乗り移り、空母「飛龍」「蒼龍」の艦上では第二波攻撃隊の出撃準備がただならぬはやさで進められた。

第二波攻撃隊／攻撃目標・米空母二隻
　空母「飛龍」　零戦六、二式雷爆一〇
　空母「蒼龍」　零戦六、二式雷爆一〇

両空母はそれまで直掩《ちょくえん》に上がっていた空母「赤城」や「加賀」の零戦も収容し、そのうえで第二波攻撃隊の出撃準備を急いだ。けれども、ミッドウェイ攻撃で被弾した攻撃機が多く、結局、両空母をあわせて零戦一二機と二式雷爆二〇機を準備するのが精いっぱいだった。

空母「飛龍」は午前一一時三五分に第二波攻撃隊の発進準備を完了し、爆撃を受けた「蒼龍」はすこし遅れて午前一一時四五分に第二波の発進準備を完了した。

両空母の艦上にはそのほかにもまだ一二機の二式雷爆が残っていたが、これら一二機はミッドウェイ攻撃時に機体をかなり損傷しており、その修理を待って攻撃を仕掛けると、せっかく今、握っている先手を失ってしまう。

――兵は拙速《せっそく》を貴《たっと》ぶ！

山口はみずからにそう言い聞かせて、とにかく零戦一二機と二式雷爆二〇機で、第二撃を急ぐことにしたのである。

僚艦「蒼龍」のマストに〝発艦準備よし！〟の信号旗が揚がるや、山口少将は待ってましたとばかりに第二波攻撃隊の発進を命じた。

出撃する攻撃機の数は「飛龍」「蒼龍」でそれぞれ一六機ずつ。彼ら第二波攻撃隊はわずか一〇分ほどで上空へ舞い上がり、午前一一時五五分には飛龍飛行隊長の友永丈市《ともながじょういち》大尉に率いられて進撃して行った。

4

空母「ヨークタウン」「エンタープライズ」の上空へドーントレスやデヴァステイターなどが帰投して来たのは午後零時三七分ごろのことだった。

日本の艦隊を守るゼロ戦に撃ち落とされ、その機数はかなり減っていたが、両空母は「ホーネット」から出撃したドーントレスなども収容しなければならない。帰りもまたバラバラに帰投して来たので、両空母がすべての攻撃機を収容するのに一時間近くは掛かると思われた。

収容作業を完了するのはおそらく午後一時三〇分ごろになるだろう。

しかしその作業が完了する前に、日本軍がはやくも次なる攻撃を仕掛けてきた。空母「飛龍」「蒼龍」から飛び立った第二波攻撃隊を空母「ヨークタウン」のレーダーがとらえたのである。

その兵力は零戦一二機、二式雷爆二〇機の計三二機。これら日本軍機を迎え撃つために空母「エンタープライズ」と「ヨークタウン」は、収容作業を一時中止して、ワイルドキャット戦闘機を迎撃に上げなければならなかった。

両空母はただちに迎撃の態勢を整えたが、先の日本軍第一波との戦いで味方戦闘機もかなり消耗しており、すぐに飛び立つことのできたワイルドキャットは二四機だった。

敵編隊はもはや近くまで迫っており、緊急発進した二四機のワイルドキャットは、自軍艦隊の手前・約三〇海里の上空で迎撃態勢を執った。

午後一時ちょうど。そこへ日本軍・第二波攻撃隊が進入してゆき、日米両軍機は米艦隊の西方上空で再び戦火を交えた。

味方に倍する敵戦闘機から迎撃を受け、零戦もそれをはらい退《の》けるのにさすがに苦労したが、彼らは五機を失いながらもワイルドキャット一一機を返り撃ちにし、味方攻撃機の損害を最小限に喰いとめた。

そして、第二波攻撃隊を率いる友永大尉はついに米空母二隻を発見、意を決して午後一時一〇分に突撃命令を発した。

友永が狙いを定めたのは、より西側で航行していた空母「ヨークタウン」だった。

ワイルドキャットの迎撃にさらされて、第二波攻撃隊は零戦五機と二式雷爆六機をすでに失っており、残る攻撃兵力は二式雷爆一四機となっていた。二隻とも撃破するにはあきらかに兵力が不足しているので、友永は、一隻の米空母に攻撃を集中することにした。

このとき一四機の二式雷爆はすべて魚雷を装備して出撃しており、友永隊長が突撃命令を発するや、一四機は一斉に低空へ舞い下りた。

これを見て、空母「ヨークタウン」はしゃかりきとなって対空砲をぶっ放す。同時に左への回頭で日本軍機の攻撃をかわそうとしたが、空母「ヨークタウン」の速度は二七ノット以上には上がらず、同艦は魚雷を避けるのに四苦八苦した。

それにしても、友永雷撃隊の攻撃には鬼気迫るものがあった。友永隊長機はまさに指揮官先頭で突っ込み、一四機は米空母への衝突も厭《いと》わず一斉に突入して行った。

五機と九機に分かれて、狙う米空母を左右から挟撃するかまえだ。

すると「ヨークタウン」の舵がようやく反応して、まもなく同艦は左へ回頭し始めたが、友永はその動きを完全に見切っており、左舷側から差し向けた五機の二式雷爆はすべておとりだった。

空母「ヨークタウン」は、左舷側から放たれた魚雷を内側へ巻き込むようにして、すべて回避してみせた。が、その直後、右舷側がおよそがら空きとなり、残る二式雷爆九機は、このタイミングを狙いすましたようにして「ヨークタウン」の舷側へ向け、一斉に魚雷を投下した。

その距離わずか一二〇〇メートル。

空母「ヨークタウン」は、先に左から投じられた五本の魚雷を回避するためにどうしてもまず取り舵を執らざるをえず、艦長のエリオット・バックマスター大佐が急ぎ面舵を命じたとき、右から投じられた九本の魚雷はすでに舷側間近まで迫っていた。

それでも「ヨークタウン」は二機の二式雷爆を対空砲で撃ち落としたが、同艦がこの攻撃をかわすのはとても不可能だった。

魚雷投下からおよそ五〇秒後。

舵が利き始める前にまず、友永機以下の三機が投じた魚雷のうちの一本が、空母「ヨークタウン」の右舷中央に命中し、その直後に同艦の行き足が俄然《がぜん》おとろえた。

これでいよいよ「ヨークタウン」は右への回頭がむつかしくなり、立て続けに迫って来た六本の魚雷をとてもかわせず、そのうちの二本がまんまと同艦の右舷艦尾を連続で突き刺した。

それは一本目の命中からわずか五秒後のことだった。中央から昇った巨大な水柱がおさまるや否や、空母「ヨークタウン」の艦尾から再び天を冲《ちゅう》するほどの巨大な水柱二本が連続で昇り、この瞬間に同艦の命運は九分九厘まで尽きた。

右舷に大量の浸水をまねいて空母「ヨークタウン」の行き足はみるみるうちにおとろえ、およそ一五分後に「ヨークタウン」は、ついに航行を停止したのである。船体も右へ大きく一二度ほど傾いてしまい、復旧を断念したバックマスター艦長は、フレッチャー少将の許可を得て、まもなく総員退去を命じた。

かたや乗艦「エンタープライズ」は運よくこの攻撃を逃れたが、空母「ヨークタウン」の惨状を目《ま》の当たりにして、スプルーアンスもこれでいよいよ撤退を決意した。

――「エンタープライズ」一隻では、もはやどうしようもない……。

フレッチャー少将は指揮を自分にゆずってすでに重巡「アストリア」に移乗中であり、僚艦の空母「ホーネット」も速度が一〇ノットに低下してすでに戦闘力を奪われている。

幸いにして「エンタープライズ」は午後一時四〇分には帰投機の収容を終えた。その収容を待ってスプルーアンスはただちに、撤退の意向を幕僚に告げた。が、参謀長のマイルズ・R・ブローニング大佐は独り、それに異をとなえた。

「敵との距離はもはや一五〇海里を切っていると思われます。攻撃を仕掛けなければ、さらに敵機が来襲し、『エンタープライズ』もまた一方的な攻撃にさらされます！」

しかしスプルーアンスは、これにまったく耳を貸さなかった。

――今、撤退を命じなければ完全に手遅れになってしまう。確かに敵は再攻撃を仕掛けて来るだろう。だが、今、撤退しなければ、その攻撃は一度で終わらず二度、三度となる可能性が高い。そうなれば「ヨークタウン」どころか、「ホーネット」や「エンタープライズ」まで失いかねない！

スプルーアンスに言わせれば、味方が被《こうむ》った損害はすでに、ニミッツ大将から出撃前に受けた警告の許容範囲を、すっかり超えていた。

「反撃せずにおめおめと軍を退《ひ》くのはあまりにも消極的です！」

ブローニングはなおもそう言い、司令官の弱腰をなじったが、スプルーアンスの決意は決して変わらなかった。

そして実際、スプルーアンスのこの判断が、手負いの空母「ホーネット」をも救うことになるのである。

5

山口多聞の戦意はまったくおとろえることを知らない。第一波の攻撃機を午後零時五二分までに収容した山口少将は、空母「飛龍」「蒼龍」艦上の将兵に対して、すでに第三波攻撃隊の発進準備を命じていた。収容した第一波の攻撃機で敵空母部隊に本日三度目の攻撃を仕掛けるのだ。艦上の将兵らにはまったく休む間もなかったが、ここで手を抜くと〝反対にやられる〟ということを、山口は普段から口を酸っぱくして、彼ら将兵に言い聞かせていた。

その間に、第二波攻撃隊から連絡が入り、米空母をさらにもう一隻撃破したことがわかった。これで、米空母三隻のうちの二隻を撃破したことになり、残る戦闘可能な米空母は一隻となったに違いなかった。

そのことはすぐさま全乗員に伝えられ、準備を急ぐ整備員らの動きに、よりいっそう拍車が掛かった。しかし最初の攻撃で傷付いた機が多く、修理をやりながら攻撃隊を準備するのに、たっぷり一時間を要した。

しかも機数が大幅に減り、結局、準備することができた第三波の兵力は、零戦一二機、九九式艦爆一二機、二式雷爆一八機のあわせて四二機が精いっぱいだった。

第三波攻撃隊／攻撃目標・米空母群
空母「飛龍」　零戦六、艦爆七、雷爆九
空母「蒼龍」　零戦六、艦爆五、雷爆九

これら第三波攻撃隊には一航戦「赤城」「加賀」の搭載機も含まれていたが、それでも、四二機の攻撃機を準備するのが精いっぱいだった。

午後一時五三分。第三波攻撃隊の出撃準備が整うと、山口少将は間髪を入れずに発進を命じた。第三波は再び蒼龍爆撃隊長の江草隆繁少佐に率いられて出撃してゆく。

空母「飛龍」「蒼龍」に〝発艦はじめ〟の信号が揚がるや、第三波の全機がとどこおりなく発進してゆき、第三波は午後二時五分には米空母部隊の上空をめざし進撃して行った。

第三波が発進して行くと、それからしばらくは小康状態が続いた。最も気になることは、敵が再攻撃を仕掛けてくるかどうかだが、これまでの攻撃で、三隻の米空母すべてになんらかの損害を与えていた。そしてそのうちの二隻は、すでに戦闘力を喪失しているはずだった。

戦艦「大和」艦上の山縣正郷中将は、対空レーダーに反応がないか、幕僚に命じてしきりに確認していたが、敵機が来襲するような気配はいっこうになかった。時刻は午後二時三〇分をまわろうとしている。

まったく長い一日だが、大和司令部から連絡がないということは、やはり米空母は再攻撃を断念したに違いなく、山口はようやく一息入れた。

戦艦「大和」からまだ連絡はない。午後二時四五分になると、上空へ第二波の攻撃機が帰投して来た。その機数は大きく減って零戦六機、二式雷爆一二機の計一八機となっている。出撃時には零戦一二機、二式雷爆二〇機の計三二機だったので兵力はほぼ半減したことになる。

生還した機数がわずか一八機なので、空母「飛龍」と「蒼龍」は午後三時までにその全機を収容した。わずか一五分ほどで収容作業を完了したのはよかったが、健全な機体は零戦一機のみで、残る零戦五機と二式雷爆一二機は機体の損傷が激しく、すぐには再発進準備を命じることができなかった。ある程度まとまった機数を準備するのに、優に一時間以上は掛かるであろう。

さしもの山口もがっくり肩をおとしたが、そんななか午後三時二五分には早くも乗艦「飛龍」が第三波攻撃隊の突撃命令を受信した。

米空母部隊はまだ、「飛龍」の東方・約一六五海里の洋上で行動していた。

江草隊長機から次々と入電してくる報告を「飛龍」艦上で聞いていると、第三波は二隻の米空母に対して容赦なく襲い掛かり、攻撃開始からおよそ一五分後にはついに米空母一隻を撃沈、次いで約三〇分後には〝もう一隻も大破した！〟と伝えてきた。

江草機が報告してきた、二隻の米空母とは「ヨークタウン」と「エンタープライズ」のことであり、第三波攻撃隊は、空母「ヨークタウン」に魚雷二本を命中させてついに撃沈し、空母「エンタープライズ」にも爆弾三発と魚雷一本を命中させて、こちらも大破したのであった。

いっぽう、空母「ホーネット」は東方へすでに退いており、さすがの江草も「ホーネット」に攻撃を仕掛けることはできなかった。

江草機からの報告を受けて、山口は俄然ひざを叩いて喜び、あらためて状況を精査した。

——よし、ついに一隻を撃沈した！　残る二隻もおそらく大破し、相当な手傷を負っているはずだ。……だとすれば、速度が低下し、これら二隻がミッドウェイ近海から離脱する前に、もう一度ダメ押しの攻撃を仕掛けられるかもしれない！

手持ちの二式雷爆がすべて修理中のため、ただちに攻撃を仕掛けられないことが残念でならなかったが、山口は、「蒼龍」艦上に在る二式艦偵一機にすぐさま発進を命じ、敵との接触を保つことにした。

山口少将の発進命令を受けて、その二式艦偵が空母「蒼龍」艦上から発進したのは午後三時四八分のことだった。

いっぽう、はるか東方洋上、空母「エンタープライズ」の艦上では、このとき懸命の復旧作業がおこなわれていた。

日本軍・第三波攻撃隊から猛攻を受け、さらに爆弾三発と魚雷一本を喰らった「エンタープライズ」は、艦内で火災が発生し、出しうる速度が一時一二ノットまで低下していた。

あくまで仮定の話だが、もしスプルーアンス少将が、ブローニング大佐の進言を容《い》れて攻撃隊の再発進準備を命じていたとしたら、このとき艦内に駐機していたドーントレスやデヴァステイターが爆弾や魚雷を装備しガソリンを満載した状態で爆撃を受けていたに違いなく、これら自艦の搭載する艦載機が次つぎと誘爆を起こし、空母「エンタープライズ」はおそらく致命的な損害を受けていたに違いなかった。

けれども実際には、スプルーアンス少将はすでに撤退命令を出していた。格納庫に在ったドーントレスやデヴァステイターはなにも装備しておらず、空母「エンタープライズ」は艦内に〝ほとんど危険物のない〟状態で三発の爆弾を喰らった。それでも同艦の速度はいきおい一二ノットまで低下したが、艦長のジョージ・D・マレー大佐は迅速に火を消し止め、誘爆などの悪影響を受けることなくダメージ・コントロールに専念できたので、空母「エンタープライズ」は大破したものの、結局沈没にいたるような大惨事とはならずに済んだのであった。

そして驚くべきことに、空母「エンタープライズ」の速力はおよそ三〇分後には二一ノットまで回復した。

しかし、さしもの「エンタープライズ」もこれでいよいよ艦載機の発着艦が不可能となり、同艦は「ホーネット」を追い掛けるようにして戦場から離脱して行ったのである。

空母「飛龍」「蒼龍」の艦上では二式雷爆の修理が大急ぎで進められていたが、その作業は残念ながら遅々《ちち》として進んでいなかった。

山口はもう一度攻撃を仕掛けるには〝最低でも零戦六機と二式雷爆六機をそろえる必要があるだろう〟と考えていたが、これら一二機を準備するのにたっぷり二時間ほど掛かりそうであった。

第二波攻撃隊の収容を終えたのは午後三時のことだから、午後五時ごろまで待たないと、これら一二機を準備できないことになる。

――それでも敵との距離が近ければ、日没までにもう一度攻撃を仕掛けられる！

米空母の速度が大幅に低下している可能性は大いにあるので、山口は期待を胸にしてそう踏んでいたが、出した二式艦偵の報告を聞いて、山口は落胆せざるをえなかった。

『米空母はわが艦隊の東・約一九五海里の洋上を速力二〇ノットで東進中！』

空母「蒼龍」発進の二式艦偵がこの報告を入れてきたのは午後四時五四分のことだった。

この時点で修理を完了していた攻撃機は零戦六機、二式雷爆五機の計一一機でしかなかった。しかも、敵空母との距離が二〇〇海里近くも離れていたので、もし攻撃を仕掛けるとすれば、これら一一機にすぐさま発進を命じる必要があった。

本日の日没時刻は午後六時三〇分。

今から約二時間後の、午後七時ごろまでは薄暮が続くが、敵空母は速力二〇ノットで東進しているため、二時間後には敵との距離が二四〇海里近くに広がっているとみなければならない。

二四〇海里の距離を進出して攻撃を仕掛けるには少なくとも二時間は掛かる。一一機に対してすぐさま発進を命じたとしても、攻撃開始時刻が薄暮が終わるぎりぎりの午後七時ごろとなってしまうのだ。

しかもなお悪いことに、これら一一機はいまだ飛行甲板へ上げられておらず、いくら急いで発進を命じたとしても、全機を発艦させるのに二〇分は必要だった。いや、それは出来すぎで、おそらく三〇分ぐらいは掛かるであろう。

さらに言えば、このときすでに江草少佐の率いる第二波攻撃隊が空母「飛龍」「蒼龍」のすぐ近くまで帰投しており、それら第三波の攻撃機を上空で待たせておく必要がある。でないと、一一機は発進できないのだ。

それでも敵との距離がもっと近ければ、山口は躊躇《ちゅうちょ》なく一一機に発進を命じていただろうが、攻撃距離が〝二四〇海里に及ぶ〟というのはいかにも遠すぎて、冷静に考えれば考えるほど攻撃成功の見込みがなかった。

午後五時ちょうど。さしもの山口少将も米空母への攻撃をついに断念したのである。

6

ところで、ミッドウェイの米軍飛行場は完全に破壊されてはおらず、いまだに活きていた。もちろん帝国陸海軍の「ミッドウェイ作戦」はいまだ継続中であり、ミッドウェイの米軍飛行場は早急に破壊しなければならない。

じつは山口が米空母への再攻撃を自重したのは艦載機を温存するためでもあった。明日以降の戦いでミッドウェイを再攻撃せねばならず、成功の見込みがすくない夜間攻撃でムダに艦載機を消耗すると、ミッドウェイを再攻撃するための兵力がいよいよ不足する。日本側の艦載機不足はそれほど深刻だった。

米軍機動部隊との戦いで多くの艦載機を消耗してしまい、六月五日午後五時の時点で、空母「飛龍」「蒼龍」の艦上に在る艦載機は零戦二一機、艦爆一五機、二式雷爆二二機、二式艦偵二機の計六〇機となっていた。本来なら飛龍型空母一隻分の航空兵力である。

航空機不足を補うために、山縣中将の率いる第一一戦隊の戦艦「大和」「霧島」「榛名」が夜間にミッドウェイ島へ近づき、敵飛行場に対して艦砲射撃を実施した。また、途中からその砲撃に攻略部隊麾下の重巡「熊野」「鈴谷《すずや》」「最上《もがみ》」「三隈《みくま》」の四隻が加わり、ミッドウェイの米軍飛行場は夜のあいだに火の海と化した。

機動部隊麾下の重巡「利根」「筑摩」はこの砲撃には加わらず、水偵を交代で上げて味方の砲撃を支援した。両艦から発進した零式水偵が吊光弾《ちょうこうだん》を投下し、飛行場をこうこうと照らしたのだ。

艦砲射撃の効果は覿面《てきめん》だった。日付けが変わった六月六日午前三時ごろにはミッドウェイの米軍基地が完全に沈黙し、戦艦「大和」の艦上から眺めていると、飛行場の在るイースタン島の島全体が、海へ浮き上がるようにして燃えていた。

島を守る米兵は完全に恐れをなし、もはや消火をあきらめて退散している。それもそのはず。飛行場に着弾した、とくに戦艦「大和」の四六センチ徹甲弾が滑走路を穴だらけにし、そのすさまじい破壊力に慌《あわ》てふためき、腰を抜かす米兵もいたほどだった。

もはやミッドウェイの米軍飛行場には飛行可能な機体がほとんど残っていなかった。

夜が明けると、すかさず空母「飛龍」「蒼龍」の艦載機が襲い掛かり、飛行場だけでなく防御陣地や砲台などにも爆撃を加えた。そのような攻撃がまる一日繰り返され、米軍守備隊はもはや完全に戦意を喪失。六月七日未明に日本の上陸部隊が満を持してイースタン島、サンド島・両島へ一挙に上陸すると、翌・八日正午には米軍守備隊は早くも防衛をあきらめ、白旗を掲げて日本軍に投降したのである。

六月八日午後零時一五分。連合艦隊の旗艦・戦艦「長門」の艦上で〝ミッドウェイ占領〟の知らせを聞いた山本五十六大将は、目をほそめつつ静かに〝よし〟とうなずいた。

正直なところ、空母「赤城」「加賀」が撃破されたときには、山本も負けを意識した。なにせ出て来ないと思っていた米空母に待ち伏せされていたのだから、さすがの山本も肝を冷やした。

戦いには勢いというものがあるので、米空母三隻に〝このまま押し切られるか……〟と思いひやひやしながらみていたが、空母「飛龍」「蒼龍」がその後すかさず反撃に転じ、見事、米空母一隻を撃沈、残る二隻も大破して退け、山口司令官のふんばりのおかげで、味方機動部隊は辛くも勝利をおさめることができた。

ミッドウェイ占領の第一の功労者は山口多聞に違いなく、内地へ帰還すると山本は、山口を「長門」へ呼び出して、あらためてミッドウェイ戦の勝因を問うた。

「米空母三隻の待ち伏せを、よくはね退けてくれた。勝因はなんだね？」

山本がそう訊くと、山口は即答した。

「戦艦『大和』に搭載していたレーダーです。零戦は、敵雷撃機をやるために低空へ舞い下りておりましたが、『大和』からの通報を受けて急上昇に転じ、敵急降下爆撃機のおよそ半数を蹴散らすことができました。……もし『大和』のレーダーがなければ、最悪の場合『加賀』だけでなく『赤城』と『蒼龍』も沈められていたことでしょう」

これに山本が黙ってうなずくと、山口はさらに続けた。

「最大の功労者は私ではなく『蒼龍』艦長の柳本柳作大佐です。爆撃を受けたにもかかわらず、彼は迅速に『蒼龍』を立て直し、われわれは空母二隻で反撃することができました。もし『飛龍』一隻なら、まんまと数で押し切られ、惨敗を喫していたと思います。……もちろんミッドウェイも占領できなかったでしょう」

そのとおりに違いなかった。現に山本も一時は負けを覚悟したほどだった。やはり「大和」に搭載したレーダーと、そして、柳本艦長の活躍が第一級の殊勲だろう。けれども山本には、どうしても気になることがもう一つあった。

山本は山口の分析にまずうなずいてみせ、そのうえで最も気になることをずばり質問した。

「雷爆撃機はどうだったかね？」

むろん二式雷爆の貢献度は大きく、その失念をわびるように、山口は即答した。

「二式雷爆は使えます。これを勝因に挙げ忘れるとは、なるほど片手落ちです。今回は米空母から不意撃ちを喰らいましたので、まず緩降下爆撃で反撃することになりましたが、雷撃に加えて急降下爆撃もできるというのはやはりありがたい。それから、緩降下爆撃でも洋上行動中の的艦に対して、ある程度命中を期待できるということがわかりました。なんとか勝てたのは二式雷爆を搭載していたおかげです」

山口が一気にそう答えると、山本はいかにも満足そうにうなずいた。

「うむ。対米戦は太平洋に広く点在する島嶼《とうしょ》基地の争奪戦になる。今後も〝敵空母と敵飛行場の両方を相手にして戦う〟という場面に、少なからず遭遇するであろう。そういう意味では、急降下爆撃が可能な雷撃機の存在意義は大いにある。だが今回ははじめての出撃だった。改善点などなにか気づいた点はないかね？」

山本があらためてそう訊くと、山口はすこし考えてから答えた。

「……これまでの艦攻よりはよほど使えます。ですが、二五〇キログラム爆弾ではやはり破壊力不足です。それと防御力ももうすこしあったほうがなお使えます」

山本はこれにうなずくと、さらに実戦で使ってみたその手応えを、山口に訊いてみた。

「うむ。五〇〇キログラム爆弾を搭載しての急降下爆撃はいずれ近いうちにできるようになる。それよりも、現状では二四〇ノットそこその最大速度しか発揮できん。……作戦中、同機の速度不足は感じなんだかね？」

すると、これにも山口は即答した。

「そりゃ、欲を言えばきりがありません。二式雷爆は九九式艦爆や九七式艦攻と比べても断然優速ですから、現状でも速度面で不満を感じるようなことは、とくにありませんでした」

山本はこの答えを聞いて大いに満足だった。やはり、一足飛びに速度性能を追い求めず〝雷爆撃が可能な機体をまず開発しておくべきだ〟と断言したタンク技師の判断が、大筋で〝間違っていなかった〟と確信できたからであった。

理想は時速五〇〇キロメートル（時速・約二七〇ノット）以上の最大速度を雷爆撃機に発揮させることだが、それは〝エンジン出力が向上すればおのずと可能になるだろう〟と、山本五十六はあらためてそう確信したのである。

第五章　機動部隊の建制化

1

雷爆撃機は幸先の良いスタートを切った。しかしいざ、ミッドウェイ島を占領してしまうと、はたしてこれを本当に守り切れるのかどうか、そのことが連合艦隊司令部にとって最も大きな頭痛のタネとなっていた。

幸い、米軍機動部隊も相当な痛手を被《こうむ》っていたので、米艦隊がすぐミッドウェイ奪還に乗り出してくるようなことはなかった。

だが、油断は禁物だ。唯一空母「サラトガ」は作戦可能なはずだから、その動向にはとくに注意しておく必要がある。万一「サラトガ」がミッドウェイ方面へ出て来た場合には、こちらも機動部隊を出して、その攻撃を退けるしかない。そのために連合艦隊も、機動部隊の再建を急ぐ必要があった。

これまで機動部隊の旗艦は空母「赤城」が務めていたが、同艦は先の「ミッドウェイ海戦」で大破してしまい、すぐには一線に復帰することができない。空母「赤城」の修理には優に〝五ヵ月を要する〟と見積もられた。機関部にまで損害を受けたため、これを機に「赤城」を大改造することにした。右舷に張り出した煙突と艦橋を一体化するのである。改装工事におよそ一〇ヵ月は必要なので、空母「赤城」が再び戦場に姿を現すのは昭和一八年三月以降のことになるだろう。

空母「赤城」はしばらく一線から退くことになるが、空母兵力ではいまだ帝国海軍のほうが断然米海軍を上まわっていた。

五月に生起した「サンゴ海海戦」で帝国海軍も軽空母「祥鳳《しょうほう》」を失っていたが、そのとき同時に傷付いた空母「翔鶴」は七月中旬には修理を完了することになっていた。

すぐに作戦可能な空母が「サラトガ」一隻だけでは、さすがに米軍もミッドウェイ島に手が出せないとみえて、七月中に米軍が奪還に乗り出して来るようなことはなかった。

日本側にはすぐに作戦可能な空母が四隻は在《あ》ったので、ニミッツ大将としては、まずはハワイの防衛を優先せざるをえなかった。また、搭乗員の練度もようやく空母に着艦できる程度であり、とても積極的な作戦に撃って出られるような状態ではなかった。

空母「翔鶴」が修理を完了すると、連合艦隊は昭和一七年七月一五日付けで機動部隊の編制を一新した。いや、それまで機動部隊の象徴であった空母「赤城」が一線から退いたため、連合艦隊は機動部隊の編制を一新せざるをえなかった。

そして、「赤城」に代わって機動部隊の旗艦となった空母「翔鶴」は、帝国海軍の空母ではじめて対空見張り用レーダーを装備することになったのである。

第三艦隊　司令長官　小沢治《じ》三郎《さぶろう》中将
　同参謀長　山田定義《さだよし》少将
第一航空戦隊　司令官　小沢中将直率
　空母「翔鶴」「瑞鶴」軽空「瑞鳳《ずいほう》」
第二航空戦隊　司令官　山口多聞少将
　空母「飛龍」「蒼龍」軽空「龍驤《りゅうじょう》」
第三航空戦隊　司令官　角田《かくた》覚治《かくじ》少将
　空母「隼鷹《じゅんよう》」「飛鷹《ひよう》」護空「雲鷹《うんよう》」

第一一戦隊　司令官　山縣正郷中将
戦艦「大和」「比叡《ひえい》」「霧島」
第七戦隊　司令官　西村祥治《しょうじ》少将
重巡「鈴谷」「熊野」「最上」「三隈」
第八戦隊　司令官　岸福治《ふくじ》少将
重巡「利根」「筑摩」
第一〇戦隊　司令官　木村進少将
軽巡「長良」駆逐艦一六隻

昭和一七年七月中旬のこの時点で帝国海軍は一一隻の空母（練習空母『鳳翔《ほうしょう》』を除く）を保有していたが、連合艦隊はそのうちの九隻を新編された第三艦隊の指揮下へ編入した。

残る二隻とは、修理中の空母「赤城」と護衛空母「大鷹《たいよう》」で、このとき「大鷹」は第四艦隊の指揮下へ編入されてミッドウェイ島へ零戦などを輸送していた。

ちなみに第四艦隊の司令長官は海兵三六期卒業の新見《にいみ》政一《まさいち》中将が務めており、井上成美中将は引き続き航空本部長の職にあった。

第三艦隊は事実上、主力空母を基幹とする空母機動部隊である。今回の編制で「大和」「比叡」「霧島」の戦艦三隻は〝はじめて制式に〟機動部隊の指揮下へ入ることになった。これまでの「真珠湾奇襲作戦」や「ミッドウェイ作戦」では、作戦実施の都合上、あくまで一時的に機動部隊の指揮下へ戦艦を入れていたにすぎない。

ところが日米戦が始まって以降、戦艦にはほとんど出番がなく、主要な海戦はすべて空母機動部隊によって戦われていた。また、先の「ミッドウェイ海戦」ではレーダーを搭載した「大和」が航空戦で重要な役割を果たし、軍令部もついに「大和」の機動部隊編入を制式に認めたのである。

空母九隻及び戦艦三隻を擁する、第三艦隊の初代司令長官には、海兵三七期卒業の小沢治三郎中将が就任。小沢治三郎は昭和一五年一一月一五日付けで中将に昇進しており、すでに中将を一年以上つとめた小沢には、第三艦隊の司令長官になる資格が充分にあった。なにより航空職を豊富に経験していることが決め手となり、小沢中将は今回はじめて、主力空母「翔鶴」にその将旗を掲げることになった。

空母「翔鶴」「瑞鶴」は「ミッドウェイ作戦」に参加しておらず、その間に艦橋頂部へ「大和」が装備したのと同じ「二号一型改」電探を装備していた。また、両空母の搭乗員は二式雷爆に慣れるための訓練を「ミッドウェイ作戦」中に実施しており、八月一日には空母「翔鶴」「瑞鶴」の搭載機は零戦二七機、二式雷爆四五機の計七二機ずつとなって、両空母の出撃準備がいよいよ整った。

その間、連合艦隊司令部は〝ミッドウェイが奪還されはしまいか〟と気をもんでいたが、空母「翔鶴」「瑞鶴」の出撃準備が整うと、山本五十六もこれで〝ようやく一安心〟と胸をなでおろした。

八月一日。第一航空戦隊の空母「翔鶴」「瑞鶴」は、ミッドウェイ基地へ輸送するための零戦や艦爆を飛行甲板に露天繋止《けいし》し、他空母よりひと足早く瀬戸内から出撃したのである。

2

いっぽう、空母「飛龍」「蒼龍」や飛鷹型空母などの出撃準備はいまだ整っていなかった。

ミッドウェイ海戦で損傷した空母「蒼龍」は七月一二日に修理を完了したが、同艦と空母「飛龍」や飛鷹型空母にも急遽レーダーが設置されることになり、その改造工事は八月いっぱいまで掛かりそうだった。さらに、これら四空母や軽空母「瑞鳳」「龍驤」、護衛空母「雲鷹」なども搭載機をこれまでの艦爆、艦攻の組み合わせから二式雷爆へ変更することになり、すべての出撃準備が整うのは九月中旬ごろになる見込みであった。

計画では、飛龍、蒼龍型空母は零戦二一機、二式雷爆三六機の計五七機を搭載し、飛鷹型空母は零戦二一機、二式雷爆二七機の計四八機を搭載することになっている。また、軽空母「瑞鳳」「龍驤」は零戦一五機、二式雷爆一二機の計二七機を搭載する予定で、大鷹型護衛空母は零戦一二機、二式雷爆九機の計二一機を搭載する予定であった。

幸い、二式艦上雷爆撃機の製造は順調に進んでおり、八月中旬には、第三艦隊の母艦九隻が必要とする〝二五〇機〟という生産数を、無事に達成することができた。

しかし、これら第三艦隊の母艦搭乗員はじつに大変だった。彼らは、これまで慣れ親しんだ艦爆や艦攻から急遽、二式雷爆へ乗り換えることになり、艦爆の搭乗員は雷撃訓練を積み、艦攻の搭乗員は急降下爆撃の訓練をおこない、同機を充分に使いこなせるよう日々努力していた。搭乗員が爆撃にも雷撃にも適応しておかなければ、せっかく雷爆撃機を開発した意味がまさにそこなわれるのであった。

新しい機材の配給を受けてから、搭乗員に対して最低限ひととおりの訓練を実施するのにやはり一ヵ月は必要だった。このころはまだ、帝国海軍航空隊には、実戦を経験した搭乗員が数多く残っており、幸い大きな事故などもなく訓練は順調にはかどったが、これら残る七空母の搭乗員が訓練課程を修了したのは、ようやく九月一五日になってからのことだった。

ともかくこれで、九月一五日には第三艦隊の母艦九隻すべてが作戦可能となり、連合艦隊司令長官の山本五十六大将は、ミッドウェイ方面で警戒に当たっていた空母「翔鶴」「瑞鶴」を一旦内地へ呼びもどすことにしたのである。

ところで、三菱は、昭和一七年五月に離昇出力一五〇〇馬力を発揮できる「金星六〇型」エンジンを完成させており、これを拡大改良した「金星六五型」エンジンも、ミッドウェイ戦が終了した直後に完成させていた。

金星エンジンには余裕があるとみたタンク技師の目にやはり狂いはなかった。直径を一二四八ミリに拡大した「金星六五型」は、「金星五五型」と同様に回転数が毎分二八〇〇回転に増え、目標の一七〇〇馬力にはとどかなかったものの一六八〇馬力の離昇出力を実現した。

「一五〇〇馬力級のエンジンがあれば、必ず五〇〇キログラム爆弾を搭載しての急降下爆撃が可能になります！」

　タンク技師は早くからそう断言していたし、つい先日終了したミッドウェイ戦では、二式雷爆が価値の一端をかい間みせ、雷爆撃機は〝やはり使える！〟ということがわかった。

　そして、二式雷爆はあくまで発展途上の機体であり、空技廠長の和田操中将は「金星六五型」エンジンが実用化にこぎつけるや、愛知航空機に対してただちに命じた。

「二式艦上雷爆撃機のエンジンを早急に『金星六五型』へ換装し、新型雷爆撃を開発せよ！　五〇〇キログラム爆弾を搭載しての急降下爆撃は言うに及ばず、時速二七〇ノット（時速・約五〇〇キロメートル）以上の最大速度も実現してもらいたい。……最低でも時速二七〇ノットだ！」

　エンジンの直径は同じ一二四八ミリだし、愛知技術陣もエンジン換装による後継機の開発をあらかじめ準備していた。海軍航空本部および空技廠から正式に開発命令が下りると、愛知の技術陣は早速、エンジンの換装と機体の改良に取り掛かったのである。

3

ミッドウェイ戦後、太平洋艦隊司令長官のチェスター・W・ニミッツ大将は深刻な空母不足に悩まされていた。

「空母『エンタープライズ』と『ホーネット』はともに、修理に三ヵ月は必要です」

工廠担当者がそう報告すると、ニミッツ大将はうなだれて、これを受け容《い》れるしかなかった。しかし、ものは考えようだ。兵力で大きく勝る日本の艦隊を相手に出撃を命じたのは一種の賭けだったが、空母「エンタープライズ」と「ホーネット」が沈まずに済んだのは、まだ幸運なほうだったかもしれない。

――ミッドウェイを防衛することはできなかったが、こちらも日本の主力空母一隻（加賀）を沈めたので、空母戦はまず〝痛み分け〟といったところだな……。

ニミッツはそう思いなおし、みずからをなぐさめた。ニミッツ自身は、「エンタープライズ」と「ホーネット」を生還させた、スプルーアンスの撤退命令を前向きに評価していた。

それにしても両空母が傷付いてしまい、太平洋艦隊は戦略の見直しを余儀なくされた。というのが、日米開戦から半年以上が経過し、アメリカ陸海軍はこのとき、海兵隊による反攻作戦をすでに準備していたのだった。

日本軍が〝アメリカ―オーストラリア間の輸送交通路を遮断しよう〟と狙っていることがわかっていたので、当初、準備の成った海兵隊は南太平洋戦域へ投入される計画になっていた。

ところが、初の反攻作戦を仕掛けようとしていた矢先に、ミッドウェイ島が占領されてしまったのである。

ニミッツは、準備のできた海兵隊で〝まずミッドウェイを奪還すべきだ〟と、当然のようにそう考え、太平洋艦隊の幕僚もみなことごとく、ニミッツの考えに賛成していた。ハワイのオアフ島に司令部をかまえていると、日本軍に占領されたミッドウェイがやたらと近く感じ、のど元に刃を突き付けられたような切迫感を受けるのは致し方のないことだった。

しかし、ワシントン・統合作戦本部の考えはまるで違った。

「ミッドウェイなどいつでも奪還できる。当初の計画どおり、海兵隊は南太平洋戦域の反攻作戦に投入せよ！」

ニミッツは頭をかしげたが、統合作戦本部としては、これは当然の命令だった。

ワシントン中央は、日本軍の暗号を解読した当初からミッドウェイ方面へ空母を出すことに消極的で、ニミッツがどうしてもやるというので空母三隻による迎撃をしぶしぶ認めたのだった。

——たとえ占領されたとしてもミッドウェイなどいつでも奪還できる。暗号解読情報は日本側の仕掛けたわなかもしれず、貴重な空母をミッドウェイへ出すのは危険だ。

つまり統合作戦本部は、はじめから〝ミッドウェイ島は放棄もやむなし〟とみており、南太平洋での戦いに備えて〝味方空母は温存すべき〟と考えていた。戦場から遠く離れたワシントンではオーストラリアの脱落を最も懸念しており、とくに大統領府がアメリカ—オーストラリア間の補給線維持を強く望んでいたのである。

上級司令部の統合作戦本部が南太平洋の戦いを重視しているので、ニミッツとしてはこの決定に従わざるをえなかったが、一方的な決定に合点がゆかないニミッツは、女房役の〝新参謀長〟に対して思わず愚痴った。

「おい、ワシントンが空母と海兵隊を南太平洋へまわせと言ってきた。ミッドウェイは後回しにしろということだ」

ニミッツは吐き捨てるようにそう言ったが、この新しい参謀長はこともなげに返した。

「いいではありませんか、ミッドウェイは後回しにしましょう」

ニミッツはこれを聞いて自分の耳を疑わざるをえなかった。

「なに……、レイ。きみもつい昨日まではミッドウェイの奪還に賛成していたではないか……」

「いえ、たった今、長官のお話を聞いて気が変わったのです」

眼の前にいるレイモンド・A・スプルーアンスという男は、決してワシントンの権力におもねるような人間ではなかった。そういう人間ではないとよくわかっているだけに、ニミッツはますます首をかしげざるをえなかった。

「……なぜ、急に気が変わった？」

「いえ、私もミッドウェイは早めに奪還すべきだと思っていましたが、今のお話を聞いて〝これをおとりに使えば〟もっとおもしろいのではないかと思いなおしたのです」

この答えを聞いて、ニミッツもおぼろげながらスプルーアンスの考えが読めてきた。それを確かめるために、ニミッツが質問した。

「……つまりミッドウェイを奪還すると見せ掛けて、実際には南太平洋の〝どこか要地〟を占領してしまおう、というのかね？」

「おっしゃるとおりです」

スプルーアンスが即答すると、ニミッツも一転その気になり始めた。

「うむ……、なるほど」

ニミッツがうなずくのを見て、スプルーアンスはすかさず、その理由を説明した。

「戦場がはるか南の太平洋ということになれば日本軍の補給線は延び切ります。たとえば空母などが損害を受けますと、よほど軽微な傷でない限りトラックでは修理できず、敵空母はわざわざ日本本土まで戻って修理を受けることになります。ですが、わがほうの空母は、よほど重大な損害を受けない限り、オーストラリア近くの軍港などで応急修理を受けられます。この後方支援能力の差は大きい。南太平洋で空母戦を挑めば、一度、損害を受けた日本の空母はなかなか戦場に戻ることができないのです」

確かにこの男の言うとおりだった。

日本本土からミッドウェイ島までの距離はおよそ二一〇〇海里だが、日本本土から南太平洋・サンゴ海までの距離はおよそ三二〇〇海里もある。

かたや、オアフ島からミッドウェイ島までの距離は一一五〇海里だが、サンゴ海周辺で空母戦を挑めば、アメリカ側は、八〇〇海里圏内にニューカレドニア島やエスピリトゥ・サント島などに良港が存在し、そこで空母などの応急修理を充分にやれるのであった。

艦艇修理能力の差は歴然としており、アメリカ側が断然その能力に長《た》けていた。中破程度の損害を受けた日本の空母は、必ず三二〇〇海里もの距離を往復しなければならないのだ。

だとすれば、南太平洋で空母戦を挑んだほうが断然、アメリカ側に地の利がある。そしてこの男は、ミッドウェイを〝ダシに使おう〟というのであった。

「奪還の動きを見せれば日本軍は必ずミッドウェイ方面へ空母を出して来るでしょう。……うまくいけば、敵空母を〝北〟と〝南〟に分散させられるかもしれません」

これを聞いて、ニミッツもいよいよその気になってきた。

空母兵力では味方はあきらかに日本軍に劣っている。四つに組んで戦えば、数で圧倒されるのが必定《ひつじょう》。しかも、ミッドウェイ近海で戦えば、味方空母は日本の空母とミッドウェイ基地の両方を相手にしなければならない。しかし日本側の虚を突いて南太平洋の〝どこか要地〟をまず分捕《ぶんど》ってしまえば、二兎《と》を追わずに済む可能性が高い。

「で、海兵隊で南太平洋の〝どこ〟を分捕る？」

ニミッツが目をほそめてそう訊くと、スプルーアンスはおもむろに口を開いた。

「サンゴ海のすぐ北に〝ガダルカナル〟という名前の島が在るそうです。日本軍はここに〝飛行場を建設中である〟と聞きます。……われわれがもぎ取るのにおあつらえ向きの果実ではないでしょうか……」

むろんニミッツもその名前を聞き及んで知っていた。

大破した「エンタープライズ」と「ホーネット」はともに、八月末には修理を完了し、九月中旬にはパール・ハーバーへ戻って来ることになっていた。それだけではない。統合作戦本部も南太平洋には相当に関心があるようで、空母「ワスプ」も太平洋へ回航し〝九月はじめにはパール・ハーバーに到着する〟と確約していた。

スプルーアンスがつぶやくようにガダルカナル島の名前を口にすると、ニミッツもはや完全にその気になり、目じりにしわを寄せて深々とうなずいたのである。

第六章　エンタープライズ現る

1

　ミッドウェイの泊地から飛び立った帝国海軍の飛行艇が米空母を発見したのは九月一七日・正午過ぎのことだった。

　その九七式飛行艇は午前七時にミッドウェイ環礁内・サンド島の泊地から発進し、南東へ六二〇海里ほど前進したところで米艦隊を発見した。

『敵艦隊見ゆ！　空母二隻、その他随伴艦一〇隻以上。針路北西、速力・約二〇ノット！』

　この報告が正しいとすれば、飛行艇が発見した米艦隊は空母二隻を基幹とし、ミッドウェイ島へ向けて確実に近づきつつあった。

　連合艦隊司令部もまもなくしてミッドウェイ基地から〝米空母発見！〟の知らせ

を受けたが、戦艦「長門」艦上でその報告を聞き、山本五十六大将は思わず眉をひそめた。

――なにっ⁉　「翔鶴」「瑞鶴」に内地へ帰還するよう命じたばかりじゃないか……。

まさにそのとおりだった。この二日前の九月一五日には、ミッドウェイ近海で警戒に当たっていた空母「翔鶴」「瑞鶴」に内地への帰還命令を出したばかりだった。その矢先に米空母が現れたのである。空母「翔鶴」「瑞鶴」は、飛行艇が報告を入れてきた九月一七日・正午過ぎの時点で、すでにミッドウェイの西北西・約九五〇海里の洋上まで戻って来ていた。

いっぽうで連合艦隊司令部は、同じく九月一五日には第二航空戦隊の空母「飛龍」「蒼龍」に対して出撃を命じており、ミッドウェイ方面の警戒任務を空母「翔鶴」「瑞鶴」と交代させようと考えていた。

空母「飛龍」「蒼龍」は九月一五日の朝に瀬戸内から出撃し、九月一七日のこの時点で房総半島沖およそ四〇〇海里の洋上に達していた。

――米空母が出て来たからには、こちらも空母を出してこれを迎え撃たねばならない！

帝国海軍のだれもがそう思い、連合艦隊司令部はただちに「翔鶴」「瑞鶴」に対してミッドウェイ方面へ取って返すように命じたが、じつは、いちはやく行動を開始したのは空母「飛龍」に座乗していた山口多聞少将だった。

「米空母が現れたか！　よし、部隊の進撃速度を二四ノットに上げよ！」

これまで第二航空戦隊の空母「飛龍」「蒼龍」とそれに随伴する駆逐艦六隻は、速力一八ノットで東進していたが、ミッドウェイ基地が発した米空母発見の報告を「飛龍」が直接受信するや、山口少将は、駆逐艦二隻と油槽船二隻を麾下《きか》部隊から分離して、ミッドウェイ方面へ急行するよう独断で命じていた。

そのおよそ三〇分後に連合艦隊司令部は、二航戦に対して後追いでミッドウェイ方面へ急ぐよう命じてきたが、そのときにはもう空母「飛龍」「蒼龍」は駆逐艦四隻だけを伴って、進撃速度を二四ノットに上げていたのである。

第二航空戦隊・首席参謀の伊藤清六《せいろく》大佐はいつものことながら山口司令官のすばやい対応にほとほと感心していたが、ミッドウェイまでの距離はいまだ一七〇〇海里ほど離れていたので、第一航空戦隊・空母「翔鶴」「瑞鶴」のほうが二航戦よりひと足はやくミッドウェイ近海へたどり着くに違いなく、そのことをふまえたうえで、伊藤はあらためて山口少将に進言した。

「われわれがミッドウェイの東方海域へ到達するのは、今からおよそ三日後、二〇日・午後一時ごろ（日本時間）のことになります。電波を出してそのことを一航戦司令部へ伝えますか⁉」

このときまで山口部隊は無線を一切使っていなかった。無線封止の命令が出されているわけではなかったが、その必要性がなかったのだ。

山口はこれに応じて即座に返した。

「ああ、それがよい。小沢さんにすぐ、わが部隊の現在地と三日後の進出予定位置を知らせてもらおう」

空母「翔鶴」「瑞鶴」を率いているのは、第一航空戦隊司令官を兼務する、第三艦隊司令長官の小沢治三郎中将である。

ほどなくして、山口少将の二航戦が、みずからの部隊の後方・七〇〇海里付近にまで前進して来ていることを知ると、小沢中将は〝よし〟とうなずき、幕僚に確認をもとめた。

「ということは、われわれ（一航戦）単独で戦うのは、まる一日ということになるね？」

「はい。このままわが部隊が二〇ノットで東進すれば、そういうことになります」

小沢の質問に即答したのは、首席参謀の高田利種《としたね》大佐（航海術専門）だが、まさにそのとおりだった。第一航空戦隊の空母「翔鶴」「瑞鶴」と駆逐艦六隻は、今現在、ミッドウェイの西北西・約九四〇海里の洋上を東進中で、このまま速力二〇ノットで東進し続けると、第二航空戦隊の空母「飛龍」「蒼龍」よりまる一日はやく、九月一九日の午後一時ごろにミッドウェイ島の東方海域へ到達するのであった。

したがって、このまま予定どおりに事が進捗《しんちょく》すれば、一航戦は九月一九日には米空母と交戦状態に入り、おそらく九月二〇日には二航戦の加勢を得られることになる。

出て来た米空母は〝二隻〟と報告されたので兵力は対等だが、空母戦に突入したその一日後には味方の兵力がほぼ二倍になる。だから充分に勝算はあるが、問題は、一航戦が戦場へ到着するまでミッドウェイの味方飛行場が〝持ちこらえられるかどうか〟ということであった。

「敵はいつ、ミッドウェイを空襲して来る、とみるかね？」

小沢があらためてそう訊くと、これには航空参謀の内藤雄《ゆう》中佐が即答した。

「米空母艦載機の攻撃半径はおよそ二〇〇海里ですから、敵はおそらく明朝を期してミッドウェイを空襲して来ると思われます」

至極当然の見解だった。二隻の米空母は現在ミッドウェイの南東・六〇〇海里付近まで近づいているので、敵が速度を二五ノット程度に上げればおよそ一六時間後の明日（一八日）午前五時ごろには、敵空母二隻は艦載機の攻撃圏内にミッドウェイをとらえることになる。それは、ミッドウェイ現地時間になおすと、九月一七日・午前八時のこと。日本とミッドウェイでは時差が二一時間もあるのだ。

小沢も〝敵は速度を上げて来るに違いない〟と思い、内藤の答えにこくりとうなずいたが、そうなると、ミッドウェイの味方航空隊は空母の支援なしでまる一日戦うことになる。そしてミッドウェイの飛行場にはこのとき、戦いに使える航空兵力が零戦三六機、艦爆一八機、艦攻一八機、陸攻六機の計七八機しかなかった。

およそ空母一隻分の兵力である。

二隻の米空母を相手に、ミッドウェイ航空隊が明日一日、持ちこたえられるかどうか、じつにきわどかった。残念でならないことは、ミッドウェイ基地への進出を命じられていた一式陸攻三〇機が間に合わないことだった。これら第六航空隊の一式陸攻は、復旧後、整備の成ったミッドウェイの飛行場へ島伝いに自力で進出することになっていたが、米空母が出現したこの時点でマーシャル諸島のウォッゼ環礁に到達したばかりであり、ウェーク島経由でミッドウェイ島までたどり着くのに、少なくともあと三日間は必要であった。

　配備予定のこれら陸攻三〇機が間に合わないとすれば、およそ執るべき手段はあと一つしかなかった。小沢部隊みずからが速度を上げ、ミッドウェイ近海へ急行するのだ。事態を憂慮した小沢中将がにわかに幕僚に諮《はか》った。

「なんとか明日中に戦場へたどり着けんか?」

　この質問を受け、幕僚らはたがいに顔を見合わせたが、意を決して口を開いたのは航空参謀の内藤中佐だった。

「それには二五時間ぶっ通しで、速力三二ノットで東進し続ける必要がございます」

　そのとおりだった。三二ノットの高速で二五時間東進し続ければ、空母「翔鶴」「瑞鶴」はちょうど八〇〇海里の距離を前進することができ、明日の午後二時ごろには、味方艦載機の攻撃半径ぎりぎりの三五〇海里圏内に、米空母をとらえられる可能性があった。

　二式雷爆の兵装を二五〇キログラム爆弾一発で我慢すれば、三五〇海里を進出しての攻撃は可能だろうし、もちろん零戦も随伴できる。しかし三二ノットの高速で東進し続けるというのは、いかにも現実離れしていた。

「いくらなんでもむちゃです！　そんなことをすれば、駆逐艦が六隻とも燃料切れを起こし、立ち往生することになります！」

そう言って、あわてて小沢長官に自制をもとめたのは、参謀長の山田定義少将だった。山田に言われるまでもなく、小沢自身も〝三二ノットは無謀だ〟と思ったが、それにしても手が届きそうで届かないことがじつに残念でならない。

すると、小沢長官の意を察して、再び内藤が口を開いた。

「長官。三二ノットというのは確かにむちゃですが、次善の策ならございます。明日、わが隊がミッドウェイの後方（西方）・約四〇〇海里の洋上に達した時点で、基地へ向けて『翔鶴』『瑞鶴』から防空用の零戦数機を応援に差し向けてはいかがでしょうか？……救援に向かう零戦が三〇機もあれば、おそらく味方飛行場は敵艦載機の空襲を最小限の被害で乗り切れると思います」

これは確かに名案だった。小沢も即座に〝それしかない！〟と思った。

「三〇機とケチなことを言わずに、もっと出してもよかろう」

小沢が言下にそう返すと、みなが一様にうなずき、これで小沢司令部の方針がようやく決まったのである。

2

一八日の早朝に米軍艦載機がミッドウェイ島を空襲して来るとした内藤雄中佐の予想はすっかりはずれた。この日。ミッドウェイの日本軍航空隊は早暁《そうぎょう》から飛行艇や陸攻を放ち、躍起になって米空母の姿を探しもとめたが、二隻の米空母は周辺洋上からこつ然と姿を消し、ついに正午を過ぎても米艦隊を発見することができなかった。

ついに〝年貢の納め時が来た〟と覚悟を決めていたミッドウェイの日本軍将兵らは、近海から米空母が消えたとわかるや、俄然《がぜん》、魂がぬけたような脱力感を覚えたが、それは洋上の第一航空戦隊司令部でも同じことだった。

空母「翔鶴」の艦上で、小沢中将はきつねにつままれたような顔をしていた。

「べ、米空母が消えた、だと……!?」

小沢は思わずそうつぶやいたが、事態が呑みこめないのはみな同じこと。山田参謀長や高田首席参謀らも完全に肩透かしを喰って、しばらく声を発することができなかった。

朝早くから索敵に出たミッドウェイの飛行艇は七〇〇海里もの距離を進出して周辺洋上を捜索してまわったので、空母二隻を基幹とする米艦隊はミッドウェイ島の七〇〇海里圏内にはもはや存在しない。そのことは確実だった。

敵がこつ然と姿を消したので、どう動いてよいのかわからない。いちはやく我に返って言葉を発したのは小沢中将自身だった。

「おい。敵が消えたのだから、内地へ帰還すべきではないか？」

本来なら、第二航空戦隊と交代すべきところだったので小沢はそう訊いたが、米軍が本当に攻撃をあきらめたのかどうか、まだわからない。

山田は首をかしげながら応じた。

「どうもよくわかりませんが、とりあえず第二航空戦隊と合同すべきではありませんか……。われわれは内地へ引き揚げるとしましても、二航戦の到着を待ってからにしたほうが無難なように思います」

確かにそのとおりだった。全員が山田の考えにうなずいたが、独り小沢は首をかしげながら、航空参謀の内藤中佐に諮った。

「米空母の動きをどうみる？　敵は本当に攻撃をあきらめたと思うかね？」

米艦隊はあきらかに空母二隻を含んでいたので、やはり航空を専門とする自分がこの質問に答えるべきであった。とはいえ、内藤もわけがわからず判然としない。内藤は懸命に考えてなんとかそれらしい答えをひねり出した。

「敵は奇襲攻撃を狙っていたのではないでしょうか……。けれども昨日、わが飛行艇によって事前に発見されてしまい、敵は〝奇襲が不可能になった〟と判断して、攻撃をあきらめたのではないでしょうか……」

「ははあ、なるほど。それならうなずける」

内藤の答えを聞いて小沢は、にわかに〝敵・急反転の理由〟が腑《ふ》に落ちた。それはよいが、問題はいっこうに解決してない。

「で、敵はもう出て来んかね？」

小沢はあらためてそう訊いたが、この質問に対する答えはだれも持ち合わせていなかった。むろん内藤も例外ではない。

しかし内藤は、敵が再度「出て来るかどうかはまったくわかりません」と断ったうえで、自分の考えを一応述べた。

「ですが、米軍がそうやすやすとミッドウェイの奪還をあきらめるとは思えません。しばらく頃合いをみて、いずれ近いうちに空母を出して来るのではないでしょうか」

小沢もそう思いうなずいた。

するとそこへ、第二航空戦隊の旗艦・空母「飛龍」から連絡が入り、二航戦が執るべく爾後《じご》の方針を伝えてきた。それによると、山口少将も〝米空母は反転した〟と判断したに違いなく、ミッドウェイ近海への到着予定日時を〝二〇日・午後三時に変更する〟と伝達してきた。

同時に、進出地点もミッドウェイの東方海域から〝ミッドウェイの西北西・約一〇〇海里〟の洋上に変更されており、その電文を直接自分の目で確かめた小沢は、まもなく第一航空戦隊の速力を一六ノットに落とすよう命じた。ひとまず二航戦と合同しておこうという方針は変わらないが、小沢は山口少将の考えを尊重して、両隊の合同地点をミッドウェイの西北西・約一〇〇海里の洋上に変更したのである。

ミッドウェイ航空隊は翌・一九日も早朝から索敵機を放ってミッドウェイ周辺海域をくまなく捜索した。けれども、米空母の姿はやはり洋上になく、これで多くの者が〝敵はいよいよ攻撃をあきらめたな……〟と思った。

ところが、二〇日にはまたもや状況が一変することになる。

連日の偵察行で飛行艇の搭乗員に疲れが見えはじめており、ミッドウェイ基地航空隊司令の横藤直四郎《よこふじなおしろう》大佐はこの日、飛行艇部隊の発進時刻を午前一〇時に遅らせて、実施計画も第一段索敵のみに変更した。連日にわたって二段索敵を実施するには機数が足りないし、搭乗員の集中力ももたないので、これは当然の処置だった。

　さりとて、断じて索敵をおろそかにしていたわけではなく、午前一〇時に発進した飛行艇のうちの一機が、驚くべきことに、またしても米艦隊を発見し、そのむね伝えてきたのである。

『敵艦隊見ゆ！　空母二隻、その他随伴艦一〇隻以上。敵艦隊はミッドウェイの東南東・約五四〇海里の洋上を、速力およそ二〇ノットで西北西へ向け航行中！』

　同機が報告を入れてきたのは九月二〇日・午後三時過ぎのこと。基地司令の横藤大佐はただちにこれを洋上の司令部に伝えた。

　ちょうどこのとき、ミッドウェイの西北西海域では一航戦と二航戦が合同を果たした直後で、小沢、山口両司令部もまもなく〝米空母二隻が再び現れた〟ということを知った。

　米空母が再び現れたからにはこれを迎撃しなければならない。両司令部ともそう考えたが、幸い一航戦も二航戦もいまだ敵機などに一切発見されていなかった。敵は明日こそミッドウェイを空襲して来るに違いなく、だとすれば、味方空母四隻は米空母二隻に奇襲を仕掛けられる。夜間にうまく距離を詰めておけば、こちらの存在にまったく気づいていない敵に対して、味方は先制の奇襲攻撃を望めるに違いなかった。

小沢、山口両司令部は密に連絡を取りながら日没までミッドウェイの西北西海域で遊弋《ゆうよく》、そして完全に日が暮れると、徐々に速度を上げながらミッドウェイ島へと近づいて行ったのである。

3

じつは、ミッドウェイの東南東海域で行動していた二隻の米空母は「サラトガ」と「ワスプ」だった。空母「サラトガ」にはフランク・J・フレッチャー中将が座乗している。フレッチャーはミッドウェイ戦後、中将に昇進していた。

この日（二〇日）・午後三時過ぎに日本軍の飛行艇が上空へ現れるや、フレッチャー中将は、その飛行艇が〝電波を発した〟ことをきっちり確認してから、再び両空母の針路を東南東に取って返した。つまり二隻の米空母は、ミッドウェイ近海から離脱し、またもやオアフ島方面へ向けて反転したのである。

そうとは知らない日本の将兵は〝今日こそ米空母を沈めてやる！〟とみな意気込んでいた。

小沢、山口両司令官も決して例外ではなく、二人はすでに零戦や二式雷爆に出撃準備を命じ、母艦四隻の飛行甲板へ攻撃機をずらりと並べ待機させていた。

ミッドウェイ基地ではこの日（二一日）も早朝から飛行艇を飛ばして、とっくのむかしに索敵を開始している。

ところが、味方飛行艇からいっこうに連絡が入らず、小沢、山口両司令部はいら立ちをつのらせていた。とても待ちきれず両隊はすでにミッドウェイの東方海域へふみ込んでいたが、待てど暮らせど、敵発見の報告は一切入らず、時刻はついに正午をまわってしまった。

そしてまたもや、ミッドウェイ近海から米空母が消えたとわかり、これで、さしもの小沢中将もついにさじを投げた。

「これ以上は我慢ならん。われわれは内地へ引き揚げるぞ！」

それはみな同じ思いだったが、参謀長の山田少将がかろうじて小沢をなだめた。

「長官。しかし現実問題として何度も米空母が現れている以上、軽々に軍を取って返すのは考えものです。敵は、われわれがこうして疲弊するのを根気よく待っているのかもしれません」

「いや、そうとは思えん。敵は、わが部隊の存在をまったく知らんのだぞ。もし知っておればきみが言うように、敵が神経戦を仕掛けて来るのもわかるが、存在を知らない日本の空母を敵がどうして気にする必要がある？　まったくもって辻褄《つじつま》が合わんじゃないか！」

小沢の言うとおりだった。まるで辻褄が合わないことは山田もすぐに認めたが、現に一度は退いたはずの米空母二隻が昨日〝もう一度現れた〟という事実もある。

はたして米空母が〝二度と現れない〟と断言できるかどうか疑問で、山田は、一航戦がなおもミッドウェイ近海にとどまっておいたほうが〝無難である〟と思った。

けれども小沢長官は、もはや完全に業《ごう》を煮やしている。夫婦喧嘩は犬も喰わぬというが、二人の考えがまさに正反対で、ほかの幕僚は不用意に口出しができなかった。

そんな「翔鶴」の逡巡を察したのか、そこへ二航戦の旗艦「飛龍」から連絡が入り、まもなく通信参謀がその電文を読み上げ、山口少将の考えを二人に伝えた。

「読みます。……いにしえの兵法は〝敵が進んでは退《ひ》き、退いては進むのは、こちらを誘い出そうとしているのである〟と教えています。米軍は今われわれをミッドウェイ方面へ誘い出そうとしているのであり、この動きに乗せられてはなりません。……以後、ミッドウェイの防衛はわが二航戦に委《ゆだ》ね、一航戦はすみやかに内地へ帰還するを可と認める。……以上です」

通信参謀が電文を読み終えるや、小沢は山田に向かって言下に言った。

「それみろ！　山口くんの考えは私と同じだ。敵の不穏な動きに惑わされてはならない。敵がなにを考えているのか知らんが、このおかしな動きにはなにか裏がありそうだ。……敵の誘いに乗って一航戦がこれ以上ミッドウェイ近海にとどまるのはそれこそ敵の思うツボ。やはりミッドウェイの防衛は二航戦に任せ、われわれは一旦、内地へ引き揚げるべきである」

敵空母の動きがあまりに不自然なことは山田も認めざるをえなかった。そしてその目的が、日本の空母を〝ミッドウェイ方面へ誘い出すことにある〟とすれば、なるほど辻褄は合う。

問題は敵が本当にミッドウェイに攻撃を仕掛けて来るかどうかだが、たとえ敵が攻撃を仕掛けて来たとしても、ミッドウェイ近海をがら空きにするわけではない。そこにはまだ二航戦の空母「飛龍」「蒼龍」が残っているのだ。

――ほかでもない、機をみるに敏《びん》なる山口司令官のことだから、万一、米空母が攻撃を仕掛けて来たとしても、その攻撃をなんとかうまく退けてくれるに違いない……。

山田はもう一度よく考えてそう思いなおし、小沢長官が下したこの決定におとなしくうなずいたのである。

4

連合艦隊司令部も案の上、米空母二隻の動きを解しかねていた。参謀長の宇垣纏《まとめ》少将も、ミッドウェイ近海で出たり入ったりを繰り返す米空母の動きを〝不自然だ〟と認めていたが、山田定義少将と同じようにミッドウェイの防衛を重視して第一航空戦隊を「そのままミッドウェイ近海にとどめるべきではありませんか」と山本五十六大将に進言していた。

正直なところ山本自身も〝一航戦をそのままミッドウェイ方面にとどめるべきかどうか〟大いに迷ったが、瀬戸内海に居たのでは〝前線の微妙な空気が読めない〟と判断した山本は、宇垣の進言に一度はうなずきながらも、結局これをやんわりと否定した。

「いや、いまひとつ状況がよくわからん。ここは現場の考えを尊重し、小沢の判断に任せることにしよう」

山本がいたって慎重にそう返すと、宇垣も素直にうなずいた。はたせるかな小沢、山口両司令部の下した判断はじつに賢明であった。小沢中将が内地への引き上げを命じた九月二一日以降、米空母がミッドウェイ方面へ姿を現すようなことは金輪際《こんりんざい》なかったのである。

九月二一日の夕刻には、第六航空隊の一式陸攻三〇機がミッドウェイ飛行場へ到着、さらに第二航空戦隊の空母「飛龍」「蒼龍」も零戦九機ずつをミッドウェイ航空隊に譲り渡し、これで同島の航空兵力（飛行艇や水偵を除く）は零戦五四機、艦爆一八機、艦攻一八機、陸攻三六機の計一二六機となった。

ひとまずこれだけの機数がそろえば、中型空母二隻分の航空兵力に相当するので、索敵をしっかりやり敵空母から奇襲を受けさえしなければ、防衛は可能になる。太平洋で行動中の米空母は〝多くて三隻〟と考えられていた。

それでも絶対ということはないので、第二航空戦隊の空母「飛龍」「蒼龍」は、九月二五日までミッドウェイ近海を遊弋しつつ警戒、それでもいっこうに米空母が現れる気配がなかったので、山口少将は二六日になってようやく麾下部隊に内地への帰投を命じた。

いっぽう、ひと足先に内地へ向かった小沢中将の第一航空戦隊は二一日以降、平均速力一五ノットで西進し続けており、九月二五日・正午の時点で房総半島の東方沖・約五六〇海里の洋上まで戻って来ていた。

瀬戸内海までの距離が残りおよそ一一〇〇海里となり、空母「翔鶴」艦上では首席参謀の高田利種大佐が小沢中将に報告した。

「およそ七四時間後の二八日・午後二時ごろには柱島（呉）へ到着する予定です」

これに小沢は、大きくひとつうなずいた。

二一日以降、米空母はぱったりと姿を見せておらず、これで帝国海軍のだれもが〝敵はミッドウェイ攻撃をあきらめたに違いない〟と思った。小沢、山口両司令部や連合艦隊司令部も、二六日にはいよいよ〝米軍は一旦ミッドウェイ島の奪還をあきらめた可能性が高い〟と判断していた。

ところが、驚くべきことに九月二八日・正午過ぎには、まさに帝国海軍の全軍をゆるがすような寝耳に水の報告が、連合艦隊司令部に飛び込んできたのである。

『サンゴ海・レンネル島の東方・約三〇〇海里の洋上に米空母二隻を発見！　敵艦隊は速力およそ二〇ノットでソロモン方面へ向け北上中！』

この電報を発したのは、この日（二八日）ツラギの泊地から早朝に飛び立っていた帝国海軍の零式水偵であった。報告を受け、帝国海軍のだれもが完全に意表を突かれた。

——なにっ！　敵の真の狙いは豪北方面だったのか⁉

つい一週間ほど前に二隻の米空母がミッドウェイ方面へ現れたので、そこからはるか四〇〇〇海里近くも離れた南太平洋の洋上に米空母が現れるとはだれも想像していなかった。

帝国海軍の常識では、艦隊がミッドウェイ方面から豪北方面へ大きく移動するには、少なくとも二週間は掛かるのだ。連合艦隊司令部の面々もきつねにつまれたような顔をしていたが、そもそも太平洋で行動中の米空母は〝三隻である〟と判断していたことが間違いだった。周知のとおり九月はじめには、もう一隻の米空母「ワスプ」も真珠湾に到着していたのである。

ツラギ発進の水偵が報告してきた二隻の米空母とは、じつは「エンタープライズ」と「ホーネット」だった。

すると、午後零時三〇分ごろには、その水偵が第二報を入れてきた。

『米空母はエンタープライズ型の二隻なり！』

もはや決定的だった。

米軍の狙いはあきらかに豪北方面にあり、そう気づくや反射的に、連合艦隊司令部幕僚らの脳中に〝ある島〟の名が浮かんだ。

——い、いかん。ガダルカナルが危ない！

しかし、彼らがそう気づいたとき、帝国海軍の主力空母四隻「翔鶴」「瑞鶴」「飛龍」「蒼龍」はいずれも日本本土——ミッドウェイ島間で行動しており、連合艦隊司令部としては、まったく手の施《ほどこ》し様《よう》がなかったのである。

5

九月二九日・朝。豪北方面に現れた二隻の米空母は案の定ガダルカナル島を空襲して来た。

米空母は四隻とも九月一五日にパール・ハーバーから出撃、フランク・J・フレッチャー中将の率いる空母「サラトガ」と「ワスプ」はミッドウェイ方面をめざし、トーマス・C・キンケイド少将の率いる空母「エンタープライズ」と「ホーネット」がはるか南太平洋をめざし南下していたのである。

空母「エンタープライズ」「ホーネット」を基幹とするキンケイド少将の第一六任務部隊は、途中サモア、フィジー諸島などを経由して一三日後の九月二八日にレンネル島の東方洋上へ到達、そこから一気に北上して翌・二九日にガ島を空襲して来たのであった。

かたや空母「サラトガ」「ワスプ」を基幹とするフレッチャー中将の第一一任務部隊は、端《はな》からミッドウェイ方面へ日本の空母を誘い出す目的でパール・ハーバーから出撃していた。

アメリカ海軍情報部は九月以降、日本の空母が日本本土―ミッドウェイ島間で行動していることをきっちりと把握しており、フレッチャー中将は必要以上にミッドウェイ島へ近づかないよう心して部隊を前進させていた。とはいえ、確実に日本の空母を誘い出すには二度ほどミッドウェイの哨戒圏内へ踏み込む必要があり、フレッチャー中将は、ミッドウェイ西方海域で日本の空母が電波を発するや、そのことをきっちり確認してからパール・ハーバーへ引き揚げていた。

九月二〇日・午後三時ごろには、第一一任務部隊はミッドウェイ島の東南東・約五六〇海里の洋上まで踏み込んでいたが、フレッチャー中将はその後ただちに反転を命じ、空母「サラトガ」「ワスプ」は、二二日の午前中にはパール・ハーバーへ入港した。

そして驚くべきことに、第一一任務部隊はまる一日で再出撃準備を完了し、二三日・正午には再びパール・ハーバーから出撃、海兵隊がガ島飛行場の占領に成功した一〇月一日の時点で空母「サラトガ」と「ワスプ」はサモア諸島・ツツイラ島のパゴパゴ港へすでに到着していた。

この大移動中にフレッチャー中将が最も気掛かりだったことは、日本の空母が〝ガ島近海へ迅速に現れはしまいか?〟ということだった。

けれども、パゴパゴ港へ入港した直後に、幕僚から「わが部隊は一〇月七日には第一六任務部隊と合同できます」と聞かされて、フレッチャーはこの報告に〝よし!〟とうなずいた。日本の主力空母をミッドウェイ方面へ確実に誘い出したはずだし、敵空母部隊が日本本土からガ島近海まで進出するのに、少なくとも六日間は必要だったからである。

フレッチャー中将は幕僚の報告を聞き、これで陽動作戦の〝成功!〟を真に確信した。

いっぽう、帝国海軍は完全に後手にまわされていた。海軍は「米豪遮断作戦」の足がかりとするために、ガダルカナル島の北部・ルンガ岬付近に飛行場を設営し、八月一〇日にはこれを完成させていた。

ガ島飛行場完成の一報を受けた連合艦隊司令部は、零戦など単発機の進出を命じたが、海軍航空隊の進出は遅々《ちち》として進んでいなかった。六月に占領したミッドウェイの飛行場へまず、零戦などを優先的に配備する必要があったからである。先の「ミッドウェイ海戦」で予想外に零戦を消耗し、機動部隊がミッドウェイへ配備する予定の零戦を使い果たしてしまったことが大きな誤算だった。それに加えて、軍令部は豪北方面の作戦を重視していたが、当の連合艦隊司令部はあくまでハワイの攻略に固執しており、連合艦隊司令部はハワイの手前に在《あ》るミッドウェイ島を是が非でも確保しておきたかったのだった。

結果的にミッドウェイ島への航空配備が優先されることになり、九月下旬のこの時点でガ島のルンガ飛行場にはまだ、一二機の零戦しか進出していなかった。

空母「エンタープライズ」「ホーネット」による空襲は三日間続き、わずか一二機の零戦では、その攻撃を防ぐことができなかった。

――こちらも空母を出さねば、ガ島は手もなくやられる！

そう思い、焦った連合艦隊司令部は、柱島へ帰投したばかりの空母「翔鶴」「瑞鶴」に再出撃を命じたが、両空母の出撃準備が整ったのはようやく一〇月一日・午後になってからのことで、これではとても間に合わなかった。

米海兵隊は一〇月一日・未明に早くも上陸を開始し、ろくな守備隊の居なかったガ島・ルンガ飛行場は、敵が上陸した約一〇時間後の一日・正午にはあっけなく占領されてしまった。

ルンガ飛行場〝陥落！〟の知らせが入ると、連合艦隊司令部は一航戦・空母「翔鶴」「瑞鶴」への出撃命令を朝令暮改《ちょうれいぼかい》で取り消した。

両空母が最速で豪北方面へ急いだとしても、ガ島北方海域へ到着するのに六日は掛かる。加えてルンガ飛行場の後方（南）・密林内へ退避した設営隊は、上陸した米兵は〝一万名を下らない〟と報告してきた。

この報告が正しいとすれば、米側の上陸兵力は予想外に多く、海軍陸戦隊のちからだけではどうにも奪還が覚束ない。本気でルンガ飛行場を奪い返すには、恥を忍んででも陸軍の協力を仰ぐべきだった。

陸海軍の合意形成を図るには一定の日にちが必要だが、軍令部や連合艦隊司令部は反撃開始がどうせ遅れるなら、一航戦だけでなく、二航戦の空母「飛龍」「蒼龍」や三航戦の空母「飛鷹」「隼鷹」なども総動員して、一気に〝飛行場を奪い返してやろう〟と考えた。

幸い空母兵力では米海軍を大きく上まわっている。軍令部や連合艦隊司令部はこのときまだ太平洋で行動中の米空母は〝多くても三隻〟とみていた。だとすれば、これは空母決戦を挑む絶好機ととらえることもでき、米軍は一旦占領したガ島の飛行場をなにがなんでも守ろうとして来るに違いなかった。

——ガ島飛行場を味方艦載機で突っつけば、米空母は必ず出て来る！　味方空母はたっぷり在るので、これは出て来た米空母を一網打尽にできる絶好のチャンスではないか……。

帝国海軍首脳はそう考えて、小沢・第三艦隊の出撃準備が万事整うのを待ち、それから一挙に反転攻勢へ撃って出ることにしたのである。

第七章　雷爆撃機「流星」誕生

1

二式艦上雷爆撃機は「雷爆撃機」の有用性を「ミッドウェイ海戦」で実証し、その先進性の一端を同海戦で早くもかい間みせたが、やはり発展途上の機体で〝もの足りなさ〟があった。

昭和一七年（一九四二年）一〇月以降、ガ島争奪戦が本格化してくると、二式雷爆の〝もの足りなさ〟がいよいよ顕在化し始めた。

敵・ワイルドキャット戦闘機が戦法を変えてきたのが、そのおもな原因だった。ワイルドキャットは零戦との格闘戦を徹底して避けるようになり、二機でペアを組んで零戦一機と戦うようになってきた。また〝サッチ・ウィーヴ〟という新戦法を編み出して二機が交互に一撃離脱の攻撃をおこない、ワイルドキャットは〝急降下が苦手〟という零戦の弱点を、たくみに突き始めた。

そのため、零戦の優位は次第に失われ、零戦の援護を受けて進攻する二式雷爆や陸攻などの被害もおのずと増えてきた。やはり二式雷爆では速度が遅く防御力も知れているので、ワイルドキャットの餌食《えじき》になりやすく、米空母に大きな損害を与えるのがむつかしくなっている。なにせ、急降下爆撃時には二五〇キログラム爆弾しか積めないので、米空母になかなか致命傷を与えることができないのだ。

そして二式雷爆が、その〝もの足りなさ〟を如実に露呈したのが一〇月二七日に生起した「第二次ソロモン海戦」だった。

その前に生起した「第一次ソロモン海戦」では帝国海軍・第八艦隊の水雷部隊がその真価を発揮して、米・豪の重巡四隻などを撃沈し、大勝利をおさめた。

それはよかったが、ひさしぶりに空母部隊同士の戦いとなった「第二次ソロモン海戦」では、帝国海軍は空母兵力で米海軍を圧倒していたにもかかわらず、満足のゆく結果を出すことができなかった。

第二次ソロモン海戦／戦闘参加空母
日本／「翔鶴」「瑞鶴」「飛龍」「蒼龍」「隼鷹」「瑞鳳」「龍驤」「雲鷹」

米国／「エンタープライズ」「ホーネット」「サラトガ」「ワスプ」

空母数は〝八対四〟と日本側が圧倒的に有利だったが、帝国海軍は米側の索敵爆撃という奇策に不意を突かれて「瑞鳳」がまず中破し、たがいに艦載機を飛ばし合って本格的な航空戦となったあとも、味方は「翔鶴」と「隼鷹」を撃破され、「雲鷹」をついに撃沈されてしまった。

むろん日本の空母から飛び立った攻撃隊も米空母にぬかりなく反撃を加えたが、迎撃戦に徹したワイルドキャットの新戦法に悩まされ、爆装した二式雷爆は「エンタープライズ」と「ワスプ」を中破するにとどまった。いや、それでも爆撃隊は一定の戦果をおさめたが、続けて攻撃に向かった雷装の二式雷爆は、指揮官機の通信不良がたたって米空母の上空へ到達できず、結局「エンタープライズ」と「ワスプ」を取り逃してしまう。

空母数で劣る米側はおよそ戦意にとぼしく、空母二隻が中破の損害を受けると、米軍機動部隊は早々と戦場から離脱し始めた。そして日米両軍はともに決め手を欠いたまま日没を迎え、一〇月二七日の「第二次ソロモン海戦」は結局〝両軍痛み分け〟のような結果になったのである。

この海戦で沈没した帝国海軍の空母は二線級の護衛空母「雲鷹」のみ。米側が二次攻撃を断念したため、空母「翔鶴」「隼鷹」と軽空母「瑞鳳」は沈没を免《まぬが》れ、中破の損害で切り抜けた。

それにしても日本側はついていなかった。戦いが起きる直前に空母「飛鷹」の機関が故障してしまい、第三航空戦隊は「飛鷹」を欠いた状態でこの海戦に参加しなければならなかった。加えて戦闘のさなかに、指揮官機の通信不良という問題になやまされ、本来撃沈できる可能性のあった「エンタープライズ」と「ワスプ」をむざむざ取り逃してしまうのである。

海戦後におこなわれた反省会でまず問題となったのが、前述の〝零戦神話の崩壊〟と〝二式雷爆の攻撃力不足〟であった。むろん通信不良や機関故障などの不運も味方が決め手を欠くことになった一因ではあるが、戦いに不慮の事故は付きものだし、戦闘開始の時点では空母数、艦載機数とも米側を完全に上まわっていたのだ。それでも勝ちきることができなかったのは、零戦の強さに陰りが見え始めてきたことと二式雷爆のもの足りなさに〝戦いが痛み分けとなった原因〟を求めるべきであった。

もし二式雷爆が五〇〇キログラム爆弾で急降下爆撃を仕掛けていたら、米空母の一隻ぐらいは航行不能におちいっていたかもしれない。また、零戦が確実に制空権を奪っていたら、もっと多くの爆弾が敵空母に命中していたかもしれない。

戦闘中に生じる不慮の事故は、人事を尽くしてもいかんともしがたく、海軍として取り組むべき喫緊の課題は、零戦後継機の開発と二式雷爆をさらに改良し、進化させることだった。

2

一四試局戦（雷電）と一四試艦攻（天山）の開発を完全に中止したことが功を奏して、帝国海軍の新型機開発はおもしろいように歯車が回り始めていた。また一三試艦爆（彗星《すいせい》）も艦上爆撃機としての開発を中止して、すでに制式採用となった艦上偵察機「二式艦偵」一本に絞って量産することにした。

それもこれも航空機メーカーの負担を減らすための変更だ。この変更によって、三菱、中島、愛知の負担は相当程度に軽減された。

そして、三菱のエンジン部門は「金星」「A20」の開発に全力を注ぎ、機体部門は一七試艦戦（烈風）の開発に全力を傾注している。また、中島のエンジン部門は

「誉」の開発に全力を注ぎ、愛知の機体部門は一六試艦攻（流星）の開発に全力を傾注していた。

クルト・タンクは「雷電」「天山」「彗星」の開発は〝寄り道だ〟と指摘し、その提言に従ってこれら三機種の開発を中止したところ、帝国海軍の新型機開発は背中を押されたようにしてみるみる前進し始めた。やることと為すことが不思議なほどずばずばと当たる。空技廠長の和田操中将は、タンク技師の技術者としての眼力にあらためて惚れなおし、心底感嘆していた。

――この男がドイツで培《つちか》い、フォッケウルフ社で築き上げた評判は、さすがに伊達や酔狂じゃなかった！

和田がまず驚いたのは「金星」エンジンの改良だった。直径を三センチ増やしただけで、このエンジンの潜在能力が、タンクによってさらに引き出され、改良型の「金星六五型」エンジンは周知のとおり、回転数を毎分二八〇〇回転に引き上げることができ、離昇出力が一気に一六八〇馬力に向上した。

この成功に思わず顔がほころび、和田はつくづく痛感させられた。

――われわれはエンジンの直径を小さくすることにこだわりすぎていた！

そして、それを証明するかのようにして戦闘機同士の戦いはもはや一撃離脱の戦法が主流になっている。和田は格闘戦を重視し、重戦闘機を否定するようなことを過去に言ったが、それは〝間違いだった〟と認めざるをえなかった。

現に、敵ワイルドキャット戦闘機の仕掛ける編隊空戦によって、あれほど強かった零戦が苦戦を強《し》いられ始めている。前線で戦う搭乗員らの報告を聞いて、和田もむろん零戦の強さに陰りが見え始めていることを知っていた。

――なんとしてもこの状況を打開しなければならない！

そう痛感した和田はついに重い腰を上げた。そして、彼に適切な助言を与えたのは、またしてもクルト・タンクだった。

「零戦のエンジンを『金星六五型』に換装してみてはどうでしょう。いやこの際、零戦に対するこだわりは捨て〝あらゆる可能性〟を検討してみるべきです」

この助言に従って和田が各メーカーと戦闘機の開発について協議したところ、今度は中島の機体開発陣が〝三菱に負けじ〟と奮発、和田にすばらしい提案をおこなった。

「陸軍の二式単戦『鍾馗《しょうき》』はおっしゃるような重戦闘機の部類に入ります。……『鍾馗』のエンジンを『金星六五型』に換装し、同機を土台にして新たな艦上戦闘機を開発してみてはいかがでしょうか？」

　重戦闘機を開発するということで言えば、これはなるほど、名案だった。二式単座戦闘機「鍾馗」のエンジンは中島の「ハ一〇九」で、このエンジンの直径は一二六三ミリ、離昇出力が一五〇〇馬力だった。したがって「ハ一〇九」を「金星六五型」に換装すれば、エンジン直径が一・五センチ小さくなるうえに、出力も一五〇〇馬力から一六八〇馬力にパワー・アップするのだ。

　二式単戦「鍾馗」は上昇力に優れ、時速八〇〇キロメートルを超える速度で急降下を実施しても機体がびくともしない。だから零戦の弱点を充分に補える。しかしその反面、同機は機首が太くて視界が悪く、失速速度が高いため高速での着陸を求められるという、艦上戦闘機としては好ましくない短所を持っていた。また、航続力もかなり短いので、これらの短所をどうしても改善する必要があった。

「陸軍の『鍾馗』を艦上戦闘機に改造できるでしょうか？」

　そう言って和田が相談を持ち掛けた相手は、ほかでもないタンク技師だった。

「まず問題ないでしょう。むろん零戦より視界が良くなるようなことはありません。ですが『ハ一〇九』より『金星六五型』のほうが乾燥重量が軽いので、キャノピー（操縦席の風防）を前寄りに変更して機体のバランスを再調整すれば、かなりの改善を期待できます。また着陸速度、および失速の問題は、主翼の形状を変更すればいかようにも改善できます。最大速度は少なからず低下するでしょうが、翼面積を増やして離着陸時の安定性を確保し、零戦に近い翼の形状を採用すれば、おのずと航続力も増すはずです」

この助言にうなずいて和田が中島に〝ゴー・サイン〟を出すと、中島の技術陣は目の色を変えて同機の開発に取り組んだ。これまで零戦は機体が三菱製でエンジンが中島の「栄」だった。それがエンジンまで三菱の「金星六五型」に変わってしまうと、中島は、海軍の艦上戦闘機開発から一旦締め出されてしまうのだ。

——エンジンでは三菱の「金星」に一本取られたが、機体の開発は、是非ともわが社（中島）でやり遂げ、艦上戦闘機の開発に喰い込んでおく必要がある！　三菱に根こそぎゆずり渡すわけには断じてゆかん！

そう思い、中島の技術陣が目の色を変えるのは当然のことだった。一四試艦攻（天山）の開発が白紙に戻され、中島の機体開発チームにはその分余裕もあった。

はたして中島は、タンク技師の助言を素直に受け容《い》れ、昭和一七年一一月三日には試作一号機を完成させた。

そして試験飛行の結果、この試作一号機は時速五九二キロメートルの最大速度を記録して、海軍航空本部は同機を艦上戦闘機「迅風《じんぷう》」として制式採用に踏み切るのであった。

新型艦上戦闘機「迅風」・乗員一名／中島
搭載エンジン／三菱・金星六五型
離昇出力／一六八〇馬力
全長／八・九八〇メートル
全幅／一〇・七二五メートル
最大速度／時速三二〇ノット
／時速・約五九二キロメートル
巡航速度／時速一八〇ノット
航続距離／九二〇海里（増槽あり）
武装／二〇ミリ機銃×二挺（翼内二五〇発）
／一三ミリ機銃×二挺（機首五〇〇発）
兵装／二五〇キログラム爆弾一発

このとき三菱も零戦や一七試艦戦に「金星六五型」エンジンを積むなどして中島

に対抗しようとしていたが、三菱の試作機は時速三〇〇ノットを超えることができず、海軍航空本部は結局中島に軍配を上げたのである。

3

クルト・タンクはいつまでも日本に居座るつもりはなかった。彼は「誉」エンジンが完成すればドイツに〝帰国できるだろう〟とみていた。偏西風に逆らって飛ぶには「金星六五型」エンジンではまだ〝力不足だろう〟とタンクは冷静に分析していた。だから日本の航空メーカーにどうしても優秀なエンジンを造らせる必要がある。

——しかも早急に、だ！

幸い「金星六五型」はうまくいった。このエンジンで優秀な雷爆撃機を実現してやれば、勤勉な日本人はますますやる気になり、来年（昭和一八年）早々には二〇〇〇馬力級のエンジンを完成させるに違いなかった。

さて、その雷爆撃機である。

二式雷爆撃機が一定の成果をおさめ、日本海軍は開発中の新型機を一から見直した。そして従来型の艦爆や艦攻の開発を一切中止し、航空メーカー三社の負担を減らすことができた。愛知は急降下爆撃機としての「彗星」に見切りを付け、二式雷爆撃機の改良に専念している。

同機のエンジンを「金星五五型」から「金星六五型」に換装すれば、出力が一三六〇馬力から一六八〇馬力へ二割以上もアップするので、改良された新型雷爆撃機は五〇〇キログラム爆弾を搭載しての急降下爆撃が必ず可能になる。

エンジンの馬力増加を活かしてとくに主翼を強化すれば、機首引き起こし時に発生するすさまじい〝一二G〟の荷重にも機体はびくともしないだろう。だが、主翼を強化すれば、機体はおのずと重くなる。速度向上にはあきらかに不利な要素だが、エンジンの余力を活かして、今回は是非とも時速二七〇ノット（時速・約五〇〇キロメートル）以上の最大速度を実現したい。

そこで、クルト・タンクは今回、愛知に対してはじめて〝爆弾倉〟の採用を提案した。これまでは二式雷爆なども胴体下部に爆弾を懸吊《けんちょう》して出撃していたが、爆弾を胴体内の倉庫におさめて空気抵抗を減らし、それで、時速二七〇ノット以上の最大速度を実現しようというのだ。

しかし、爆弾倉を胴体に設けるとなると、主翼の取り付け位置を〝中翼〟にする必要がある。二式雷爆は〝低翼〟構造の機体だが、中翼構造にすればおのずと主脚が長くなり、着艦時の衝撃で脚を折る危険性がある。

それではとても安全に着艦することができないため、タンクは愛知の技術陣に対して、さらなる助言をおこなった。

「もっと大胆に逆ガル翼を採用しましょう。主翼が〝下へ折れ曲がった位置〟に主脚を取り付ければ、さほど長くせずに済みます」

加えて、本格的な逆ガル翼を採用すれば、主翼と胴体部を結合する〝ほそ長い楕円状のフィレット〟を必要としないため、重量軽減の効果も期待できた。

こうしたタンクの助言を得て、愛知は「ミッドウェイ海戦」の直後から二式雷爆に代わる新型雷爆撃機の開発に取り組んでいたが、それでも機体の改良、改修をおこなうのにおよそ五ヵ月の月日を要した。

けれども努力の甲斐あって、昭和一七年一〇月二八日には試作一号機がテスト飛行に成功し、この日、ついに新型雷爆撃機「流星」が誕生したのである。

艦上雷爆撃機「流星」・乗員二名／愛知
搭載エンジン／三菱・金星六五型

離昇出力／一六八〇馬力
全長／一一・二四〇メートル
全幅／一四・三二〇メートル
主翼折り畳み時・全幅／八・三〇メートル
最大速度／時速三七二ノット
　／時速・約五〇四キロメートル
巡航速度／時速一八〇ノット
航続距離／九二〇海里（雷装時）
武装／七・七ミリ機銃×二挺（機首）
　／一三ミリ機銃×二挺（翼内）
　／一三ミリ旋回機銃×一挺（後部座席）

兵装
・急降下爆撃時／五〇〇キログラム爆弾一発
・緩降下爆撃時／二五〇キログラム爆弾二発
・水平爆撃時／八〇〇キログラム爆弾一発
・雷撃時／八〇〇キログラム航空魚雷一本

ちなみに「流星」「迅風」などの呼び名は、現時点ではあくまで仮称だが、昭和一八年八月以降に帝国海軍の制式名称となる。

待望の雷爆撃機が完成し、和田はその場で〝これは帝国海軍の切り札になる！〟と確信した。

初飛行に成功した試作一号機は、五〇〇キログラム爆弾一発を爆弾倉内に装備した状態で、時速二七二ノット（時速・約五〇四キロメートル）の最大速度を記録。

報告を受けた航空本部長の井上成美中将は、艦上雷爆撃機「流星」として同機の採用を内定し、愛知航空機に対して量産を命じたのである。

第八章　連合艦隊新参謀長

1

ガダルカナル島争奪戦は泥沼化していた。

先の「第二次ソロモン海戦」では日米双方とも決め手を欠き、島上の戦いは混沌としている。同海戦後、日本側は陸軍の川口支隊・約八〇〇〇名を上陸させて一一月一五日に総攻撃をおこなったが、米側も追加で約四〇〇〇名の海兵隊をガ島へ送り込み、川口支隊による攻撃はあえなく失敗していた。

ガ島・ルンガ岬の飛行場は「ヘンダーソン飛行場」と名付けられ、米側がこれを確保し続けている。上陸した日本兵は物資に事欠き、今や窮地に立たされていた。

しかし米側も、余裕で飛行場を守り切っていたわけではない。一一月一六日には、応急修理を終えた空母「ワスプ」が帝国海軍の「伊一九」潜水艦から雷撃を受けて沈没。一二月一二日には、帝国海軍が実施した戦艦「金剛」「榛名」による艦砲射撃で、ガ島「ヘンダーソン飛行場」も一時火の海と化した。

その間、帝国海軍は駆逐艦などによる、いわゆる「鼠輸送《ねずみ》」を続け、島上の日本兵は約一万三〇〇〇名に達していた。が、米側もさらに追加で陸軍のアメリカル師団・約三〇〇〇名を上陸させており、日米両軍はガ島を俎上《そじょう》に乗せてにらみ合ったまま、ついに年を越すことになった。

帝国陸海軍もいまだガ島の奪還をあきらめてはいない。海軍はこの困難な局面を打開するために昭和一八年（一九四三年）一月五日付けで大幅な人事異動をおこなった。

連合艦隊司令長官は引き続き山本五十六大将が務めている。が、その参謀長が宇垣纏中将から山口多聞中将に交代した。二人は海兵四〇期の卒業で同期である。二人とも昭和一七年一一月一日付けで中将に昇進しており、同じ海兵四〇期卒では福《ふく》留繁《とめしげる》なども中将に昇進していた。

また、海兵三九期の卒業では、角田覚治、阿部弘毅、原忠一《ちゅういち》なども昭和一七年一一月一日付けで中将に昇進していた。

じつは、前任者の宇垣参謀長はこの難局を打破するために、金剛型の戦艦二隻

「比叡」「霧島」でもう一度〝ガ島飛行場を砲撃してやろう〟と計画していた。

　実施時期を年明け早々の一月中旬と定め、山本大将もすでにこの計画を承認していたが、新たに参謀長となった山口多聞中将は着任するや、この砲撃計画にいきなり待ったを掛けた。

　一月六日に戦艦「長門」の長官公室をおとずれると、山口多聞は、山本五十六を前にして開口一番に言った。

「長官！　二匹目のどじょうは居ませんよ。ガ島砲撃は是非とも中止すべきです。米軍はさほどあまくはありません！」

　さすがの山本もこれには閉口した。が、ほかでもない、山口多聞が言うのだから、とりあえず話だけは聞くことにした。

「だしぬけになんだね……。ガ島再砲撃は陸軍たっての希望でもあるし、おいそれとやめるわけにはいかん。それに……、ガ島の陸軍を見殺しにするわけにもいかんだろう……」

　山本はあきれた表情でそう返したが、山口は一歩も引かなかった。

「では、お聞きしますが、それで本当に飛行場を奪還できますか？」

　この時点で、陸軍は二度も総攻撃に失敗していた。三度目の正直ということはあるが、二度あることは三度あるともいう。そして、正直なところ山本は、帝国陸軍が〝これほど弱い〟とは思ってもみなかった。奪還できる望みはうすい。が、やる前から失敗を認めるのもしゃくなので、山本は意地でも言い返した。

「そりゃわからん。奪還はむつかしいとは思うが、やってみなけりゃわからんだろう」

山口は即座に返した。

「もう一度戦艦を出しても、成功する確率は三分もないでしょう」

「……しかし、ほかに手はなかろう」

山本はつぶやくようにそう返したが、山口はこの言葉を待っていた。

「いえ、手はあります。ここは覚悟を決めて、海軍は空母や戦艦を総動員します。そして陸軍には精鋭のもう一個師団を出してもらいます。……もちろんガ島の奪還が目的ですが、米空母を一網打尽にする最大のチャンスでもあります。空母数では依然としてわがほうが敵を上回っているのですから……」

「……しかしそう簡単ではない。ガ島の米軍飛行場と米軍機動部隊の両方を相手にして、はたして本当に勝てるかね？」

山本は首をかしげてそう聞き返したが、山口は自信たっぷりに断言した。

「勝てます！　われわれには新型の艦上戦闘機と雷爆撃機があります。今こそ絶好機です！」

山口は気合満々でそう言い切ったが、山本は首をひねって疑問を呈した。

「だが、搭乗員は訓練を開始したばかりで、新型艦戦と新型雷爆がきっちり戦力になるのは二月中旬以降のことだ。ガ島のわが陸軍は、それまでに干上がってしまう」

山本の言うとおりだった。

現在、第一航空戦隊の空母「翔鶴」「瑞鶴」「瑞鳳」と第三航空戦隊の空母「飛鷹」は一旦内地へ戻って新鋭機「迅風」「流星」に慣れるための飛行訓練をおこなっていたが、残る第二航空戦隊の空母「飛龍」「蒼龍」「龍驤」と空母「隼鷹」「龍鳳」は、一航戦や「飛鷹」と交代して内地へ戻り、二月一〇日までに同様の飛行訓練を終了することになっていた。

だから、九隻の母艦がすべてトラックでそろいぶみとなるのは二月中旬以降のことになる。

そして山本が言うとおり、ガ島の陸軍は極度に物資が欠乏し飢餓《きが》状態におちいっていた。彼ら陸兵を救うには二月中旬ではとても間に合わないのである。

すると山口は、山本の言い分を認めたうえで思い切った解決策を口にした。

「鼠輸送は引き続きおこないますが、密林に退避している陸兵に対しては飛行艇や陸攻を総動員して夜間に航空物資輸送をおこないます。内地から二式飛行艇一八機を呼び寄せてラバウルから飛ばせば、一機当たり一〇トンの物資を運べるはずです。二機で駆逐艦一隻分の物資を輸送できますので、陸攻も加えて二月中旬までにこれを三度ほど繰り返せば、最低限の食料と弾薬を彼らに供給できるはずです」

苦肉の策に違いないが、本気でガ島の陸兵を救うには、なるほどその手しかなかった。

ラバウルからガ島まではおよそ五四〇海里。往復すれば一〇八〇海里だが、二式飛行艇の長大な航続力をもってすれば楽々飛べる。この程度の距離なら二式飛行艇はガソリンの積載量を思い切って減らせるので一〇トン程度の物資は積める。しかも夜間に輸送作戦をやるので、さしもの米軍戦闘機も容易には手出しができない。ガ島の味方陸兵に作戦の実施日時と物資の投下場所を知らせる必要があるため、輸送作戦を暗号解読される恐れはあるが、米側にはおよそ有効な迎撃手段がないのだ。

いっぽう肝心の機動部隊については、一航戦の三空母と空母「飛鷹」は新鋭機の訓練を内地で終えて一月一〇日にトラックへ入港することになっており、それと入れ替わって今度は二航戦の三空母と空母「隼鷹」が一旦内地へ戻り、同様の飛行訓練を実施することになっていた。

ちなみに軽空母「龍鳳」は前年の一一月三〇日に竣工したばかりで、トラックにはまだ一度も進出していない。同艦は習熟訓練を終えてから新鋭機「迅風」「流星」を搭載し、二航戦の三空母や空母「隼鷹」などとともに、二月中旬までにトラックへ進出して来ることになっていた。

そもそも二度目の艦砲射撃を計画したのは陸軍に請《こ》われてのことだった。作戦を計画した動機はじつに消極的である。

戦艦二隻で砲撃を実施したからといって、味方兵士の物資不足が解消されるわけではない。巨砲を撃ち込めば島上の敵味方将兵に少なからず心理的な影響は与えられるだろうが、だからといって味方兵士の飢餓状態は解消されず、飛行場を奪還できるわけでもなかった。

だから、戦艦二隻による艦砲射撃は一時しのぎの作戦にすぎず、本気でガ島を奪還するには陸海軍を挙げての本格的な積極作戦がどうしても必要だった。

「きみは本気でガ島を奪還するつもりかね？」

山本が意味深長にそう問いただすと、これにも山口ははっきりと答えた。

「いえ、米空母を一網打尽にできる可能性がなければ、ガ島など捨て置いてもよいと思います。ですが、米軍機動部隊だけを壊滅させて〝はい、さようなら〟というわけにはいきません。ガ島にここまで深入りした原因は海軍にあります。島上であえぐ同じ日本人（陸軍兵士）を断じて見捨てるわけにはまいりません。ですから、艦砲射撃などという小手先の作戦ではなく、陸軍にも覚悟を決めさせて、ここは全軍挙げての総力戦を挑むべきです。そうすれば、米軍はミッドウェイを後回しにしてでも必ずすべての空母を出して来ます。そして、それらの米空母をことごとく南太平洋で沈めてしまえば、当面のあいだミッドウェイが奪還されるようなことはないでしょう。同島さえ確保しておけば……その次はハワイです」

この男の目はあくまでもハワイを見すえているのだ。そのことがわかると、山本は俄然《がぜん》、乗り気になってきた。そもそも「米豪間にくさびを打ち込もう」と言い出したのは軍令部であり、山本自身は正直なところ、ガ島など〝どうでもよい〟と考えていた。

「よし、わかった。ガ島飛行場と米軍機動部隊の二兎《と》を追うことになるが、雷爆撃機の真価を問うよい機会でもある。が、二月中旬が限度だ。作戦計画の立案を急いでくれたまえ」

山本がいよいよその気になり、山口も大きくうなずいた。ところが山口は、またしても山本の意表を突いた。

「長官は一度、内地へお戻りください」

「……どうしてかね？」

山本が目をまるくしてそう聞き返すと、山口は逆に目をほそめて言い切った。

「総力戦です。陸軍を本気で動かすには、参謀本部や軍令部とひざ詰め談判をしていただく必要がございます。こればかりは長官にお願いするしかございません。私はここに残ります。あとは私にお任せください！」

山口がそう断言すると、山本は黙って大きくうなずいたのである。

2

連合艦隊参謀長となった山口多聞は、出口の見えないガ島争奪戦に足をすくわれ事実上〝打つ手なし〟となっていた長門司令部に、新たな息吹を吹き込んだ。

山口は山本と話し合った二日後には作戦計画書を提出し、山本はそれを携えて戦務参謀の渡辺安次《やすじ》中佐と一時内地へ帰還。一月一〇日には、山本を乗せた九七式飛行艇と入れ替わるようにして内地から一八機の二式飛行艇が飛来し、トラックの夏島泊地へ舞い下りた。

またこの日・夕刻には、内地で搭乗員の訓練を終えた空母四隻「翔鶴」「瑞鶴」「瑞鳳」「飛鷹」がトラック基地へ到着し、意気揚々と春島錨地《びょうち》にいかりを投げ入れた。

四空母の飛行甲板上では「迅風」や「流星」が所せましと並んでおり、山口も「長門」艦上からその様子をしかと確かめた。

当初、二式飛行艇による「ガ島輸送作戦」は三度にわたって実施することになっていたが、もともとトラックに配備されていた六機の二式飛行艇も参加できるようになり、山口は急遽計画を変更して一月一五日と二月一日の二回に絞って作戦を実施することにした。使える二式飛行艇が二四機に増えたし、ラバウルの基地司令部もこの空中輸送作戦に〝一二機の一式陸攻をまわせる〟と回答してきたからであった。

そして、この空中輸送作戦はおおむねうまくいった。敵戦闘機の迎撃はなく、米側は一式陸攻の投下した照明弾に向かって対空砲をぶっ放してきたが、二式飛行艇はじつに頑丈で、撃ち落とされた味方飛行艇はわずか一機にとどまった。それでもすべての部隊に物資を届けることはできなかったが、この輸送作戦はガ島の陸軍将兵に〝われらはまだ見捨てられていない！〟とただならぬ勇気を与え、陸軍上層部や参謀本部の幕僚らも、海軍のはからいを意気に感じて、あらためて謝意を表明した。

そうしたこともあって、内地での交渉はいつになくうまくまとまり、山本は陸軍から一個師団供出の約束を取り付けた。

とはいえ、内地から新たに一個師団をガ島へ輸送するとなると、二月中旬にはとても間に合いそうにないので、陸軍はすでにラバウルへ進出していた第一七軍麾《き》下《か》の第三八師団を〝ガ島へ上陸させる〟と回答してきた。そして参謀本部は、新たに第七師団を北海道からラバウルへ送り、本来は第三八師団で実施しようとしていた「ポートモレスビー攻略作戦」を第七師団に肩代わりさせることにしたのである。

この第七師団は本来、ハワイの攻略を見すえて五月下旬から内地で訓練していた部隊であり、それを豪北方面へ転用されるのは、山本としては痛しかゆしの面があったが、山本五十六もこれ以上立ち入って陸軍に要求するようなことはさすがにできなかった。

ところで第七師団の師団長や幕僚は、思わぬ恩恵にあずかることになる。超弩級《どきゅう》戦艦の二番艦として竣工した「武蔵」が一月二二日に連合艦隊へ引き渡されており、彼らは山本五十六や渡辺安次とともに「武蔵」へ乗り、トラックまでの船旅を楽しむことになったのだ。

戦艦「武蔵」は山本五十六大将の将旗を掲げて一月二八日に柱島から出港、二月二日・午後三時にトラックの春島錨地へ入港した。

連合艦隊の旗艦は戦艦「武蔵」となり、山口参謀長以下の幕僚も「武蔵」へ移ったが、そのわずか一週間後には早くも司令部が戦艦「扶桑《ふそう》」へ移されることになる。本格的な「ガ島奪還作戦」へ向けて、参謀長の山口多聞中将は戦艦「武蔵」をおしげもなく〝戦場へ出す〟と決め、山本五十六大将は二月一〇日付けで連合艦隊の編制を一新したのである。

◎連合艦隊　司令長官　山本五十六大将
　　同参謀長　山口多聞中将
　独立旗艦・戦艦「扶桑」
　付属・母艦改造「山城」
・第一機動艦隊　司令長官　小沢治三郎中将
第一航空戦隊　司令官　小沢中将直率

空母「翔鶴」「瑞鶴」　軽空「瑞鳳」
第二航空戦隊　司令官　角田覚治中将
空母「飛龍」「蒼龍」　軽空「龍驤」
第三航空戦隊　司令官　城島《じょうじま》高次《たかつぐ》少将
空母「飛鷹」「隼鷹」　軽空「龍鳳」
第一一戦隊　司令官　山縣正郷中将
戦艦「大和」「比叡」「霧島」
第七戦隊　司令官　西村祥治少将
重巡「鈴谷」「熊野」「最上」「三隈」
第八戦隊　司令官　岸福治少将
重巡「利根」「筑摩」
第一〇戦隊　司令官　木村進少将
軽巡「阿賀野《あがの》」　駆逐艦一六隻
・第二艦隊　司令長官　三川軍一《みかわぐんいち》中将
第一戦隊　司令官　三川中将直率
戦艦「武蔵」「長門」「陸奥《むつ》」

第二戦隊　司令官　栗田健男《たけお》中将
戦艦「伊勢」「日向《ひゅうが》」
第三戦隊　司令官　宇垣纏中将
戦艦「金剛」「榛名」
第四戦隊　司令官　阿部弘毅中将
重巡「愛宕《あたご》」「高雄《たかお》」「摩耶《まや》」「鳥海《ちょうかい》」
第五戦隊　司令官　原忠一中将
重巡「妙高《みょうこう》」「羽黒《はぐろ》」
第九戦隊　司令官　大森仙太郎《せんたろう》少将
重雷装艦「北上」「大井」
第二水雷戦隊　司令官　田中頼三《らいぞう》少将
軽巡「神通《じんつう》」　駆逐艦一一隻
第四水雷戦隊　司令官　高間完《たかまたもつ》　少将
軽巡「那珂《なか》」　駆逐艦一二隻
・第四艦隊　司令長官　小林仁《まさみ》　中将
独立旗艦・軽巡「鹿島」

第一四戦隊　司令官　伊藤賢三《けんぞう》少将
　軽巡「五十鈴《いすず》」　駆逐艦六隻
内南洋諸島根拠地隊
（トラック、マーシャル、パラオなど）
第二七航空隊　司令官　上阪香苗《こうさかかなえ》少将
（ミッドウェイ防衛、哨戒）

○南東方面艦隊／在ラバウル
　　司令長官　草鹿任一《くさかじんいち》中将
　　同参謀長　中原義正《なかはらよしまさ》少将
・第一一航空艦隊　司令長官　草鹿中将兼務
　付属艦艇・駆逐艦三隻
第二一航空隊　司令官　市丸利之助《いちまるりのすけ》少将
（ガダルカナル方面哨戒、攻撃）
第二二航空隊　司令官　吉良俊一《きらしゅんいち》少将
（ガダルカナル方面攻撃）

第二五航空隊　司令官　上野《うわの》敬三《けいぞう》少将
（ガダルカナル方面攻撃）
第二六航空隊　司令官　酒巻宗孝少将
（ポートモレスビー方面攻撃）
・第八艦隊　司令長官　鮫島具重《さめじまともしげ》中将
独立旗艦・重巡「青葉」
第四航空戦隊　司令官　長谷川喜一《きいち》少将
護空「大鷹」「冲鷹《ちゅうよう》」
第一六戦隊　司令官　志摩清英《しまきよひで》少将
軽巡「長良《ながら》」「名取《なとり》」
第三水雷戦隊　司令官　木村昌福《まさとみ》少将
軽巡「川内《せんだい》」　駆逐艦一二隻

決戦に参加する艦艇兵力は戦艦一〇隻、空母六隻、軽空母三隻、護衛空母二隻、重巡一三隻、重雷装艦二隻、軽巡六隻、駆逐艦五二隻の総計九四隻にも達し、これを支援するラバウルの基地航空兵力も三〇〇機を優に超えていた。

このうち小沢治三郎中将の第一機動艦隊と三川軍一中将の第二艦隊は直接トラックから出撃してガ島北方海域をめざす。かたや鮫島具重中将の第八艦隊は、陸軍・第三八師団の主力を乗せた上陸船団を護衛しつつ、ラバウルから出撃することになっていた。

ラバウルの基地航空兵力は零戦一〇八機、艦爆五四機、艦攻二七機、一式陸攻一〇八機、九七式飛行艇六機、二式飛行艇一六機の計三一九機。これに今回はじめて陸軍・第六飛行師団の隼三六機が加わり、陸海軍機を合わせたその総数は三五五機に達していた。

連合艦隊の決戦準備が着々とすすむなか、二月一四日・夕刻には、搭乗員の訓練が成った第二航空戦隊の三空母や空母「隼鷹」「龍鳳」がトラックへ到着。護衛空母搭載の艦上機も含めると、帝国海軍・母艦航空隊の兵力は五〇〇機近くにも達していた。

第一航空戦隊　司令官　小沢中将直率

空母「翔鶴」　　搭載機数・計七四機

（迅風三六、流星三六、二式艦偵二）

空母「瑞鶴」　搭載機数・計七四機
（迅風三六、流星三六、二式艦偵二）
軽空「瑞鳳」　搭載機数・計二六機
（迅風一二、流星一二、二式艦偵二）
第二航空戦隊　司令官　角田覚治中将
空母「飛龍」　搭載機数・計六二機
（迅風二四、流星三六、二式艦偵二）
空母「蒼龍」　搭載機数・計六二機
（迅風二四、流星三六、二式艦偵二）
軽空「龍驤」　搭載機数・計二六機
（迅風一二、流星一二、二式艦偵二）
第三航空戦隊　司令官　城島高次少将
空母「飛鷹」　搭載機数・計五〇機
（迅風二四、流星二四、二式艦偵二）
空母「隼鷹」　搭載機数・計五〇機
（迅風二四、流星二四、二式艦偵二）

軽空「龍鳳」　　　搭載機数・計二六機
（迅風一二、流星一二、二式艦偵二）
第四航空戦隊　司令官　長谷川喜一少将
護空「大鷹」　　　搭載機数・計二一機
（零戦一五、艦攻六）
護空「沖鷹」　　　搭載機数・計二一機
（零戦一五、艦攻六）

第一機動艦隊の空母九隻が搭載する航空兵力は迅風二〇四機、流星二二八機、二式艦偵一八機の計四五〇機。これに護衛空母二隻の航空兵力・零戦三〇機、九七式艦攻一二機の計四二機を加えると、その総数は四九二機に達していた。

ガダルカナル島上の帝国陸軍将兵は、海軍・機動部隊による攻撃を〝今や遅し！〟と待ちわびている。ガ島・米軍飛行場に対する攻撃開始時刻は二月一九日・午前六時（ガダルカナル島現地時間）と決定された。

今回は、連合艦隊のほぼ総力を結集しての大作戦になる。これだけの艦艇兵力が一斉に出動すると、トラック基地の重油タンクはほぼカラになるので、帝国海軍はまさにこの一戦に賭けて〝背水の陣〟を敷いたと言ってよかった。

搭乗員の練度は申し分ない。

「万事、出撃準備が整いました！」

旗艦「扶桑」の艦上で参謀長の山口多聞中将がそう報告すると、連合艦隊司令長官の山本五十六大将はただちに「ガ島奪還作戦」の〝決戦！〟を発動、第一機動艦隊及び第二艦隊の全艦艇が満を持してトラックから出撃した。

それはトラック現地時間で二月一六日・正午のことだった。

3

太平洋艦隊司令長官のチェスター・W・ニミッツ大将にとって、太平洋へ回航されたばかりの空母「ワスプ」が日本軍の潜水艦によって沈められたことは、まさに痛恨事だった。

これで作戦可能な空母はわずか三隻となってしまい、さらに日本軍の戦艦二隻からヘンダーソン飛行場が猛烈な砲撃を受けて、南太平洋艦隊司令官のロバート・L・ゴームリー中将は今や完全に戦意を喪失していた。

事態を重くみたニミッツ大将はただちにゴームリーの更迭《こうてつ》を決め、後任の南太平洋艦隊司令官に皮膚病の癒《い》えたウィリアム・F・ハルゼー中将を起用した。

ハルゼー中将はニューカレドニア島のヌーメア司令部に着任すると、ただちに対策を講じ、麾下艦隊に対して全力を挙げて日本の攻撃を阻止するように厳命した。

ハルゼーがヌーメアに到着したのは一九四二年一二月一八日のこと。ハルゼー自身もガ島に対する日本軍の圧力が日に日に強まっていることを肌で感じ、戦局が容易ならざることを直感した。

――これは、早急に艦隊兵力を増強しなければジャップにしてやられる！

ハルゼーはそう思い、ニミッツ大将に強力な支援を要請したが、ハルゼーに言われるまでもなくニミッツもそのための準備を急いでいた。

アメリカ側にとって幸いだったのは一九四三年の年明け以降に一旦、日本軍の攻勢が止んだことだった。周知のとおりこの次期、日本の空母は搭乗員の訓練をおこなうために交代で内地へ帰還しており、ニミッツ大将は日本側のこの小休止を突いて、ハルゼー中将の望む戦力を南太平洋へまわすことができた。

ニミッツがまず目を付けたのは、アメリカ本土東海岸の基地でオーバー・ホールを実施していたイギリス海軍の空母「ヴィクトリアス」と「インドミタブル」だった。両空母とも一九四三年の春にはオーバー・ホールを終える予定だったが、年明け早々の一月一〇日には、パール・ハーバーの暗号解読班がきわめて重要な報告をニミッツにおこなった。

「長官！　日本軍の動きがにわかに沈静化したのは嵐の前の静けさです。敵は二月中旬ごろに再び動き出し、その反撃は、これまでにない大規模なものとなるでしょう」

太平洋艦隊情報参謀のエドウィン・T・レイトン大佐がそう報告すると、ニミッツはワシントンを通じてただちにイギリス海軍と交渉し、イラストリアス級空母の貸与を申し出た。

嬉しいことにイギリス海軍の返答はいたって前向きだったが、年末に改修工事を始めたばかりの空母「ヴィクトリアス」は太平洋へまわすのがとても不可能で、九月から改修工事を実施していた空母「インドミタブル」のみを貸与してもらえることになった。それはよかったが、空母兵力の増強が「インドミタブル」ただ一隻ではいかにも心もとない。そこでニミッツは、さらに統合作戦本部にねじ込み、サンガモン級の護衛空母二隻「サンティ」と「スワニー」を獲得することに成功したのである。

サンガモン級護衛空母はじつはこのとき、四隻とも北アフリカ上陸作戦（トーチ作戦）を支援しているさなかだった。本来なら断るべきところだが、ニミッツに〝是非！〟と請われて作戦部長のアーネスト・J・キング大将も無視できず、南太平洋へまわすのは〝二隻だけ〟という条件付きでしぶしぶニミッツの懇願にうなずいた。

キング大将の承諾を得たニミッツは、善は急げということで早速「サンティ」と「スワニー」に回航を命じたが、西地中海から南太平洋までの距離はなんと一万二〇〇〇海里もあるので、両空母が決戦に間に合うかどうか、まさに冷や汗ものだった。サンガモン級護衛空母の最大速度はわずか一九ノット。時速一八ノットで急いだとしても移動に一ヵ月以上は掛かる。

とはいえ、ニミッツには成算があった。サンガモン級はタンカーから改造された空母だけに航続力が抜群だった。その航続距離は時速一五ノットで二万四〇〇〇海里もある。つまり時速一八ノットで急いだとしても、途中パナマ運河で一度だけ給油をおこなえば、重油不足におちいるような心配はまったくなかった。

はたせるかな両空母は、一月一四日にジブラルタル海峡を通過、途中パナマ運河を通過するのにまる二日を要したが、その間に重油タンクを満タンにして二月一六日早朝にはエスピリトゥ・サント島の艦隊泊地へたどり着いた。
その三日前には空母「インドミタブル」も泊地へ入港してアメリカ海軍の空母「ロビン」とすでに改名しており、ニミッツ大将は即日、任務部隊の編成を命じて、あとは全部隊の指揮をハルゼー中将に委《ゆだ》ねたのである。

南太平洋艦隊司令官　W・F・ハルゼー中将（ニューカレドニア島／ヌーメア）
○第一六任務部隊　T・C・キンケイド少将
・空母「エンタープライズ」　計八四機（艦戦三二、艦爆三六、雷撃機一六）
・空母「ホーネット」　計八四機（艦戦三二、艦爆三六、雷撃機一六）
戦艦「サウスダコタ」
重巡「ポートランド」「ルイスヴィル」
軽巡「サンジュアン」「サンディエゴ」
駆逐艦八隻
○第一四任務部隊　D・C・ラムゼイ少将
・空母「サラトガ」　計八四機（艦戦三二、艦爆三六、雷撃機一六）
・空母「ロビン」　計六〇機（艦戦三六、雷撃機二四）

戦艦「インディアナ」
重巡「サンフランシスコ」「ウィチタ」
軽巡「アトランタ」「ジュノー」
駆逐艦八隻
○第一八任務部隊　R・C・ギフェン少将
戦艦「ニューメキシコ」「ミシシッピ」「アイダホ」
戦艦「コロラド」「メリーランド」
・護空「サンティ」　計三一機（艦戦一六、艦爆八、雷撃機八）
・護空「スワニー」　計三二機（艦戦一六、艦爆八、雷撃機八）
軽巡「ヘレナ」「セントルイス」
駆逐艦八隻
○第六四任務部隊　W・A・リー少将
戦艦「ワシントン」「ノースカロライナ」
重巡「インディアナポリス」
軽巡「モントピーリア」「コロンビア」「クリーヴランド」
駆逐艦六隻

南太平洋艦隊の指揮下に在《あ》る艦艇兵力は、戦艦九隻、空母四隻、護衛空母二隻、重巡五隻、軽巡九隻、駆逐艦三〇隻の計五九隻。

大小空母六隻の搭載する航空兵力は、ワイルドキャット戦闘機一二八機、マートレット（英）戦闘機一二機、シーハリケーン（英）戦闘機二四機、ドーントレス急降下爆撃機一二四機、アヴェンジャー雷撃機六四機、アルバコア（英）雷撃機二四機の計三七六機に達していた。

空母「サラトガ」もまた、空母「ワスプ」が沈没した二週間後の一〇月三一日に日本軍の「伊二六」潜水艦から雷撃を受けて大破しており、二月五日に戦線へ復帰したばかりであった。

ニミッツ大将やハルゼー中将も空母兵力で日本側より劣っていることは自覚していたが、現時点では大小合わせて六隻の空母をそろえるのが精いっぱいだった。

空母数で劣勢に立たされていることは間違いないが、味方はガ島のヘンダーソン飛行場を盾として使えるので、ハルゼー中将は〝ジャップと対等以上に戦える！〟と信じていた。またヘンダーソン飛行場の東には戦闘機用の応急滑走路も完成しており、ガ島のアメリカ軍航空兵力は二月中旬のこの時点で、ワイルドキャット戦闘機四八機、ドーントレス急降下爆撃機三六機、アヴェンジャー雷撃機一八機、P38ライトニング（陸軍）戦闘機一二機の計一一四機となっていた。

そしてなにより、アメリカ側は日本軍の暗号を解読しており、ニミッツ大将の太平洋艦隊司令部はヌーメアの南太平洋艦隊司令部に対して、日本軍空母艦隊は〝二月一九日の早朝を期してガ島を空襲して来る〟と警告していた。

戦機はもはや迫っている。

二月一六日・ガダルカナル島現地時間で午後五時三〇分。第一六、一四、一八、六四任務部隊の出撃準備が整うや、ウィリアム・F・ハルゼー中将は満を持して、これら四つの任務部隊に出撃を命じたのである。

第九章　激闘！　南太平洋海戦

1

昭和一八年（一九四三年）二月一九日・ガダルカナル島現地時間で午前三時五〇分――。

小沢治三郎中将の率いる第一機動艦隊はガ島の北方・約二七〇海里の洋上に達していた。

第一機動艦隊は前日すでに、サンタクルーズから発進したと思われる米軍飛行艇によって発見されていた。旗艦・空母「翔鶴」に座乗する小沢中将の状況判断はこうだった。

――米軍はすでにわが企図を察知している可能性が高い。ガ島飛行場に対する奇襲攻撃はおそらく不可能だろう。また、米空母が近海で行動している可能性もきわめて高い。ガ島の敵飛行場を攻撃する必要はあるが、われわれは決して基地攻撃に深入りしてはならない！

小沢中将はみずからにそう言い聞かせて部隊を前進させていたが、はやくも小沢はじつになやましい問題に直面していた。

この日、ラバウルからは零戦、陸攻による戦爆連合およそ二〇〇機が飛び立ち、第一機動艦隊の攻撃と呼応してガ島の米軍飛行場を空襲することになっていた。ところが、前日（二月一八日）の午後にラバウル基地がポートモレスビー来襲の米陸軍機・約一〇〇機から猛爆撃を受け、当てにしていた零戦や陸攻の約半数がすでに出撃できない状況におちいっていたのだ。

ラバウル航空隊の応援が充分に得られないとすれば、ガ島攻撃に出す第一波攻撃隊の兵力を俄然《がぜん》増やす必要がある。当初、基地攻撃は第一航空戦隊と第三航空戦隊の艦載機のみで実施する計画であったが、小沢は大いに悩んだ挙句、ガ島の米軍飛行場を〝まず確実に撃破しておきたい〟と考えて、結局、第二航空戦隊の艦載機も飛行場攻撃に参加させることにしたのである。

第一波攻撃隊／攻撃目標・ガ島米軍飛行場

第一航空戦隊
空母「翔鶴」／迅風九、流星一八（爆）
空母「瑞鶴」／迅風九、流星一八（爆）
軽空「瑞鳳」／迅風六、流星六（爆）
第二航空戦隊
空母「飛龍」／迅風六、流星一八（爆）
空母「蒼龍」／迅風六、流星一八（爆）
軽空「龍驤」／迅風六、流星六（爆）
第三航空戦隊
空母「飛鷹」／迅風六、流星九（爆）
空母「隼鷹」／迅風六、流星九（爆）
軽空「龍鳳」／迅風六、流星六（爆）

第一波攻撃隊の兵力は迅風六〇機、流星一〇八機の計一六八機。任務が飛行場攻撃のため一〇八機の流星はすべて基地攻撃用の爆弾を装備しているが、一航戦の流星四二機は五〇〇キログラム爆弾一発ずつを装備し、二、三航戦の流星六六機は二五〇キログラム爆弾二発ずつを装備して出撃することになった。

午前三時五五分。九隻の母艦は風上へ向けて艦首を立て、マストに〝発艦準備よし！〟の信号旗が開かれた。それを見て、小沢中将は午前四時きっかりに第一波攻撃隊の発進を命じた。

周囲にエンジンの爆音が轟《とどろ》く。まず迅風が助走を開始し、続いてその後方にずらりと並ぶ流星も次々と発艦してゆく。天気はほぼ快晴。波もわりあい穏やかだ。本日の日の出時刻はガ島現地時間で午前五時五一分。南半球に位置するため季節は夏だが、母艦が高速で疾走しているので、むしろ涼しいぐらいだった。

空はまだ暗い。午前五時二〇分ごろには空が白み始めるが、それまでたっぷりあと一時間以上もある。将来もし二〇〇〇馬力級のエンジンを積んだ雷爆撃機が開発されると、空母の着艦制動装置を制限重量六トン程度のものに換装する必要があるが、今回初陣を飾る「流星二一型」は自重が三二〇〇キログラムほどなので制動装置を換装する必要はまだなかった。

とはいえ、これまでの艦爆などより自重が八〇〇キログラムほど増えているので、とくに軽空母から「流星」を発艦させるのは一苦労《ひとくろう》だ。そのため軽空母は、一度に発艦させる「流星」の機数を六機以下に制限する必要があった。

ちなみに、最大速度が時速二一ノットと極端に遅い、大鷹型護衛空母で「流星二一型」を運用する場合には、慣れた搭乗員でも一度の発艦機数を三機以下に制限する必要があった。

搭乗員はみな充分に訓練されており、ひとたび上空へ舞い上がると、新鋭機「流星」の評判はかなり良かった。なにせ、いざというときには時速五〇〇キロメートル以上の最大速度を発揮できるので、一気に低空へ舞い下りれば、敵グラマン戦闘機の追撃をかわせる可能性が充分にあった。また、思い切った急降下を実施しても機体が〝ぐらつく〟ようなことはなく、操縦安定性もきわめて良好だった。さらには、逆ガル翼の機体がスマートでじつに恰好が良い。

いっぽう、新型艦戦「迅風」の評価は賛否両論真っ二つに分かれた。時速六〇〇キロメートル近く出せる最大速度についてはだれもが好評価をあたえたが、やはり零戦と比べると、旋回性能で劣り、視界が悪く発着艦もむつかしいため、不平を言う者が少なからずいた。が、その反面、急降下性能は零戦よりはるかに優れていたので、グラマンと戦うには〝迅風のほうがよい〟という意見も多少は聞かれた。それに旋回性能も、零戦と比べるとおよそ物足りないが、グラマンF4Fと比べればよほど優れており、零戦と戦うならいざ知らず、実戦では〝まったく問題ないだろう〟という意見が、訓練が進むにつれて徐々に多数を占めるようになっていた。

それでも零戦を懐かしむ頑固な搭乗員がまだいたが、約一ヵ月に及ぶ訓練が功を奏して、第一波攻撃隊の迅風と流星は一機の落伍もなく、順調に飛び立って行った。

時刻は午前四時一六分になろうとしている。第一波の発進作業はうまくいったが、これで終わりではない。午前四時三〇分には、九隻の母艦から二式艦偵一機ずつ、それに、利根型重巡二隻から水偵二機ずつと最上型重巡四隻からも水偵一機ずつが発進してゆく。艦偵九機、水偵八機の計一七機からなる索敵隊だ。

米軍はすでにこちらのうごきを察知しているに違いなく、米空母が出て来る可能性はきわめて高い。一七機は東南東を中心とする扇型の索敵網を展開するが、周囲はまだ暗く、これ以上早く発進させてもおよそ索敵の意味をなさない。小沢中将ははやる気持ちをおさえつつ、午前四時三〇分に索敵機を発進させることにした。

まもなくその準備も整い、午前四時四〇分には八機の水偵もすべて発進して行った。

――ラバウル航空隊が事前に被害を受けたのはまったく誤算だが、とりあえずこれで、やるべきことはすべてやった。……しかし、長い一日になりそうだ……。

人知れずそうつぶやき、小沢は、わずかに目をほそめながらも、ひとまず〝これで、よし〃とうなずいた。

2

今日は〃長い一日になりそうだ……〃という小沢治三郎の予感はおよそ当たっていた。

三つの任務部隊に配置された六隻の米英空母は、夜間にぬかりなく北上し、一九日・午前四時二〇分の時点でガ島の東北東・約一六〇海里の洋上へ達していた。

あと一時間足らずで空が白み始める。

「よいか。躊躇《ちゆうちよ》なく思い切って突っ込み、ジャップの空母を叩きのめせ！」

出撃前にハルゼー中将からそう叱咤《しつた》されていたトーマス・C・キンケイド少将は、弱気の虫をねじ伏せ、ハルゼー中将の言葉を肝に銘じて味方空母群を前進させていた。

キンケイド少将は第一六任務部隊の空母「エンタープライズ」に将旗を掲げていた。

それまで空母「サラトガ」に座乗してアメリカ軍空母部隊の指揮を執っていたフ

ランク・J・フレッチャー中将は、日本軍の「伊二六」潜水艦から雷撃を受けたときに負傷し、その後は第一線から退いていた。

そのため、キンケイドは空母任務部隊指揮官の最先任者となり、今回はじめて空母六隻の統一指揮を執ることになった。とはいえ、キンケイドは元来、砲術屋である。

ちょっと〝勝手が違う〟と思いながらも、キンケイドは、ハルゼー中将の言い付けどおりに思い切って味方空母群を北上させていた。

その甲斐あって、三つの任務部隊は日本軍の空母艦隊を攻撃するのに絶好な位置まで軍を進めていた。が、キンケイド自身もまだそのことを知らない。他方、戦艦「ワシントン」などを基幹とする第六四任務部隊は、いまだガ島の東方海域にとどまっていた。

キンケイドは戦艦に対するこだわりをとっくに捨てている。空母部隊の指揮官に就任して早、半年以上になるので、彼は索敵の重要性をきっちり認識していた。

午前四時三〇分。キンケイド少将は空母「エンタープライズ」艦上から一八機のドーントレスを放って索敵を開始した。それは奇しくも小沢艦隊が索敵を開始したのとほぼ同時刻だった。

第一六、一四、一八任務部隊は速力一八ノットを維持しつつなおも北上を続けている。周囲はまだ暗く、三つの空母群は日本側に一切さとられることなく軍を進めていた。キンケイドが〝北上の中止〟を命じる理由はなにひとつない。

――わが合衆国は新型空母を続々と建造しつつある。ガ島を守りきれるなら、この戦いで味方空母を失うようなことがあってもその価値は充分にある！　いずれ空母の補充は利くので、ここは臆せず戦うべきだ！

キンケイドはハルゼー中将に言われたとおりの言葉を反芻《はんすう》し、繰り返し自分自身を叱咤激励していた。キンケイドの心中にある〝新型空母〟とはいうまでもなくエセックス級空母のことで、アメリカ海軍は二月中旬のこの時期までに、その二番艦までをすでに竣工させていた。空母「エセックス」と「レキシントンⅡ」である。

両空母ともいまだ東海岸で習熟訓練をおこなっていたが、さらにその数を増やして遅くとも半年後には太平洋へ回航されて来る。アメリカ海軍はいずれ空母数で上まわり、日本海軍を圧倒するのが確実だった。

――空母の喪失を恐れる必要はない！

キンケイドはもう一度みずからにそう言い聞かせ、敢闘の決意を胸にきざみ込んでいた。

そして確かに彼は、優勢な日本の空母艦隊を恐れず、積極果敢に部隊を北進させていた。

はたして、空母部隊をあずかるトーマス・C・キンケイドや小沢治三郎はいまだまったく気づいていなかったが、双方が索敵機を放った二月一九日・午前四時三〇分の時点で日米両軍機動部隊の距離はすでに二四〇海里を切っており、時間の経過とともにその距離はさらに縮まろうとしていたのである。

3

ソロモン海の静寂がこわされたのは午前五時四三分のことだった。

未明に空母「飛龍」から発進していた二式艦偵が、米空母群の上空へ真っ先に到達し、小沢中将の旗艦・空母「翔鶴」へ敵艦隊の陣容と現在地を報告してきた。

『敵艦隊見ゆ！　空母四隻、戦艦二隻、その他随伴艦多数。敵艦隊はガ島の北東・約一五五海里の洋上を二群に分かれて航行中、針路・北北西、速力およそ二〇ノット！』

やはり米空母は出て来た。それも四隻。決してあなどれない敵だ。小沢は俄然、引き締まった顔付きとなり、すぐさま幕僚に確認を求めた。

「敵艦隊との距離は!?」

「はっ、およそ二二〇海里です！」

首席参謀の高田利種大佐が即答するや、小沢はすぐに向きなおり、今度は航空参謀の内藤雄中佐に諮《はか》った。

「第二波をすぐ攻撃に出せるかね？」

この問いに、内藤は〝待ってました〟とばかりに答えた。

「第二波の発進準備は二〇分ほどで整います。艦船攻撃用の兵装で待機させてありますので、それら攻撃機を飛行甲板へ上げるだけです！」

「ならば六時五分には発進できるね？」

「はい。早速準備に掛かります！」

内藤の返事に小沢がうなずくや、母艦九隻の艦上が一斉に動き始めた。内藤が言うとおり、このとき味方空母九隻は、流星に対する爆弾や魚雷の装着作業をすでに完了していた。しかも一部の迅風はすでに飛行甲板へ上げられていたので、あとは、兵装の終えた流星を飛行甲板へ上げるのみとなっていた。

第二航空戦隊の艦載機もガ島攻撃に使わざるをえなかったが、小沢は一貫して

〝必ずや米空母は出て来る〟とみており、この判断が功を奏して第一機動艦隊は速やかに第二波攻撃隊の出撃準備を整えることができた。

第二波攻撃隊／攻撃目標・米空母四隻
第一航空戦隊
空母「翔鶴」／迅風九、流星一八（雷）
空母「瑞鶴」／迅風九、流星一八（雷）
軽空「瑞鳳」／迅風六、流星六（雷）
第二航空戦隊
空母「飛龍」／迅風六、流星一八（爆）
空母「蒼龍」／迅風六、流星一八（爆）
軽空「龍驤」／迅風六、流星六（雷）
第三航空戦隊
空母「飛鷹」／迅風六、流星一五（爆）
空母「隼鷹」／迅風六、流星一五（爆）
軽空「龍鳳」／迅風六、流星六（雷）

第二波攻撃隊の兵力は迅風六〇機、爆装の流星六六機、雷装の流星五四機の計一八〇機。爆装の流星はすべて艦船攻撃用の五〇〇キログラム通常爆弾一発ずつを装備しており、雷装の流星はもちろん八〇〇キログラム航空魚雷一本ずつを装備していた。

内藤中佐の言葉どおり、第二波の発進準備は午前六時五分には整いそうであったが、その前に空母「翔鶴」艦上に相次いで報告が入った。

まず報告を入れてきたのは、第三航空戦隊の旗艦・空母「飛鷹」だった。空母「飛鷹」には城島高次少将が座乗している。

「長官！『飛鷹』から入電、〝敵二機が三航戦の上空へ接近、直掩機《ちょくえんき》でこれを追撃中！〟とのことです！」

これを聞いて、小沢はすぐにピンときた。

――敵空母から発進した偵察機に違いない。おそらく索敵を任務とするドーントレス爆撃機だろう……。

「第二次ソロモン海戦」のときに小沢はドーントレス爆撃機から同様の接触を受けていたので〝同じ轍《てつ》を踏むまい〟と、あらかじめ一八機の迅風を艦隊上空の直掩に上げていた。

二機でペアを組む敵はおそらく索敵爆撃を仕掛けようと、最も南東寄りで航行していた第三航空戦隊の上空へ近づいて来たのだが、直掩の迅風がその攻撃を未然に防いだに違いなく、どうやら敵は爆撃をあきらめて二機とも退散して行ったようだった。

しかし直掩の迅風は一機を取り逃し、取り逃したその敵機が〝電波を発した〟ということが、空母「翔鶴」艦上でもまもなく確認された。

このとき味方空母九隻は第二波攻撃隊の準備中で、もし爆弾を一発でも喰らっていたら大惨事となっていたところだが、取り逃した敵機が報告電を打ったのは確実であり、これで小沢も〝敵は必ず攻撃を仕掛けてくる！〟と覚悟せざるをえなかった。だとすれば、第二波の随伴戦闘機を減らすなどして、防空用の迅風を多めに残しておく必要がある。ところが、その結論を出す前に第一波攻撃隊の突撃命令を「翔鶴」が受信。ガ島飛行場に対する攻撃がいよいよ始まった。

そしてこのとき、小沢の頭のなかは目まぐるしくうごいていた。攻撃を終えて戻って来る第一波攻撃隊の迅風を〝迎撃に使えないか？〟ということである。

小沢は内藤に諮った。

「敵艦載機が来襲するのは必至だが、できれば第二波の随伴戦闘機を減らしたくない。ガ島攻撃を終えた第一波の迅風を防空に使おうと思うが、間に合うかね？」

内藤はその意味をすぐに理解したが、すこし考えてから答えた。

「敵空母艦隊との距離は約二二〇海里。およそ二時間後には敵艦載機が来襲するとみなければなりません。ぎりぎりですが、わが空母九隻を大至急ガ島へ接近させましょう。そうすれば、その二時間でわが空母群は四〇海里ほど南下でき、ガ島との距離をおよそ二一〇海里に縮めることができます。それと第一波攻撃隊に対して、午前六時二五分にはガ島上空から引き揚げるよう命じておくべきです」

内藤の考えはこうだった。

現在の時刻は午前六時ちょうど。だから二時間後の午前八時には敵艦載機が来襲するとみておく必要がある。そして今、第一機動艦隊はガ島の北方・約二五〇海里の洋上で遊弋《ゆうよく》している。したがって急ぎ〝二〇ノット〟で南下すれば、二時間後の午前八時にはガ島の北・約二一〇海里の洋上へ到達できることになる。迅風及び流星の巡航速度は時速一八〇ノットなので、午前六時二五分にガ島上空から引き揚げた第一波攻撃隊は約一・一七時間（二一〇海里÷一八〇ノット＝一・一七時間＝七〇分）あとの午前七時三五分には第一機動艦隊の上空へ帰投して来るはずだった。

実際には九海里ほど距離が足りないものの、それは誤差の範囲内とみて差し支えなかった。

小沢は内藤の考えをすぐに理解し、麾下《きか》全軍に対して即座に命じた。

「よし、第二波の発進が終わり次第、わが艦隊は速力〝二六ノット〟で南下する。急げ！」

小沢が二〇ノットではなく二六ノットで南下を命じたのには二つの理由があった。空母九隻はまず第二波攻撃隊を発進させねばならず、その全機が発進を完了するのが〝午前六時二〇分ごろ〟のこと。それから第一機動艦隊は大急ぎで南下するが、軽空母「龍鳳」は最大で二六・五ノットの速力しか発揮できないため、小沢は二六ノットでの南下を命じたのである。

はたして、午前六時五分には第二波の発進準備が整い、全一八〇機が小沢の予想どおり午前六時二〇分までに発進して行った。それをしかと見届けると、小沢はすかさず二六ノットでの進軍を命じ、第一機動艦隊の全艦艇がガ島へ向けて南下し始めた。事は一刻を争うが、小沢は〝なんとか間に合う〟とみた。手元には八四機の迅風が残っており、これら迅風を有効に使おうと考えたのだ。

いっぽう、キンケイド少将の旗艦・空母「エンタープライズ」に〝敵空母発見！〟

の一報がとどいたのは午前五時五八分のことだった。

報告を入れてきたのはむろん撃墜を免《まぬが》れたエンタープライズ隊のドーントレスで、同機は日本軍戦闘機の追撃を命からがら振り切って、まもなく敵空母は〝六隻以上!〟と報告してきた。同時に日本軍空母艦隊との距離も〝約二二〇海里である〟とわかり、キンケイド少将はただちに攻撃隊の発進準備を命じた。が、これだけ大胆に北上したにもかかわらず、敵との距離がいまだ二二〇海里もあるとわかり、キンケイド司令部はすこしがっかりした。味方艦載機の攻撃半径はおおむね二〇〇海里しかないのだ。

しかし、この誤算には相応の理由があった。

今回、日本の空母九隻はすべて新型の流星を搭載しており、同機の航続力はこれまでの艦爆や艦攻、二式雷爆などより延びていた。そのため日本の空母九隻は、従来のようにガ島の北方・二〇〇海里付近まで近づく必要がなく、二五〇海里以上の遠方(北方)から第一波攻撃隊を出すことができたのだ。米側の踏み込みがもう一歩足りなかったのは、そうしたことが原因だった。

キンケイド少将はほどなくして攻撃を決意したが、せめて〝二一〇海里程度に距離を縮めておく必要がある〟と考えて、二四ノットへの増速を命じるとともに「午前六時二五分に攻撃隊を発進させる！」と下令した。

第一次攻撃隊／攻撃目標・日本軍空母六隻
空母「エンタープライズ」　出撃数四六機（艦戦一二、艦爆一八、雷撃機一六）
空母「ホーネット」　出撃数六四機（艦戦一二、艦爆三六、雷撃機一六）
空母「サラトガ」　出撃数六四機（艦戦一二、艦爆三六、雷撃機一六）
空母「ロビン」　出撃数三六機（艦戦一二、雷撃機二四）
護空「サンティ」　出撃数二二機（艦戦六、艦爆八、雷撃機八）
護空「スワニー」　出撃数二二機（艦戦六、艦爆八、雷撃機八）

第一次攻撃隊の兵力はワイルドキャット戦闘機四八機、マートレット（英）戦闘機一二機、ドーントレス急降下爆撃機一〇六機、アヴェンジャー雷撃機六四機、アルバコア（英）雷撃機二四機の計二五四機。

攻撃隊は予定どおり午前六時二五分に発進を開始したが、空母「サラトガ」と「ホーネット」は一度に六四機もの攻撃機を発進させる必要があるため、全二五四機が発進を完了したのは午前七時のことだった。

「全機、無事に発艦いたしました！」

幕僚がそう報告すると、キンケイドはこれに大きくうなずいたが、味方空母も攻撃を受けるに違いないと考えた彼は、ワイルドキャット戦闘機八〇機、シーハリケーン（英）戦闘機二四機の計一〇四機を手元に残しておいたのである。

4

日米両軍機動部隊はたがいに敵空母の撃破をめざして午前七時までに攻撃隊を放ったが、出撃した攻撃機の数は米側のほうが七〇機ほど多く、防空用に残された戦闘機の数も米側が二〇機ほど上まわっていた。これは当然で、小沢艦隊は同時にガ島の米軍飛行場とも戦う必要があったのだ。

それにしても、小沢司令部が採った作戦方針はじつに賢明だった。小沢艦隊が午前六時過ぎまでガ島の二五〇海里圏外で行動していたため、ヘンダーソン飛行場に配備されていたドーントレス爆撃機やアヴェンジャー雷撃機はおよそ航続距離が足りず、日本の空母を思うように攻撃することができなかった。

エンタープライズ隊のドーントレスが小沢艦隊の位置を報告したとき、ガ島飛行場のドーントレスやアヴェンジャーはすでに上空へ舞い上がっていたが、日本軍空母艦隊との距離がいまだ二五〇海里以上も離れていたので、攻撃を断念せざるをえなかった。そればかりか、午前六時前のその時点で日本軍の第一波攻撃隊がもはやガ島のすぐ近くまで迫っていたので、ヘンダーソン飛行場から飛び立ったドーントレスやアヴェンジャーは一旦南へ向かって退避するしかなかった。

ガ島上空でおちおち旋回していると、日本軍攻撃隊に随伴する戦闘機から好いカモにされるのがオチだった。

ドーントレスとアヴェンジャーは、ヘンダーソン飛行場から一緒に舞い上がっていたワイルドキャットや陸軍のＰ38戦闘機に戦いを任せて、南へ五〇海里ほど退いた。安全な南の空で敵機の空襲をやり過ごし、日本軍機が引き揚げたのをきっちり確認してからヘンダーソン飛行場へ舞い下りようというのだが、せっかく装備した爆弾や魚雷は海へ投棄するしかなかった。

迎撃に飛び立った味方戦闘機は陸海軍を合わせて六〇機もいたし、近ごろワイルドキャット隊はゼロ戦に対する有効な迎撃策をひねり出していたので、彼らは南の空で〝高みの見物〟を決めこんでいたが、どうやら味方戦闘機は予想外の苦戦を強《し》いられているようだった。

当初彼らは状況を楽観視していたが、これまでとどうも様子が違う。時間が経てば経つほど空中戦は味方戦闘機にとって不利になっていき、戦闘開始から一〇分ほど経過したとき、一部のパイロットがようやく気づき始めた。

——おやっ!? これはゼロ戦ではなく、日本軍の新型戦闘機じゃないか?

まさにそのとおりだったが、距離が遠いのでなかなか確信を持てない。

そうこうするうちに味方戦闘機のおよそ三分の一が撃破され、日本軍戦闘機のうちの数機がこちらへ向かって来た。上昇しながら南へ退避しようとしていた一機のP38を追撃し、上昇しきる前に同機を撃ち落とした日本軍の戦闘機が、ついにドーントレスなどの存在に気づいて列機とともに近づいて来たのだ。そのP38はまさに彼らの間近で火を噴き、砕け散った。

ドーントレスやアヴェンジャーは一旦ガ島の三〇海里付近まで近づいて空戦の様子をうかがっていたが、迫り来る日本軍戦闘機の一群を避けるため、またもや南へ五〇海里以上も退避しなければならなかった。

けれども、そのP38が撃墜される様子を間近で目撃した数名の米軍パイロットは、急降下から急上昇に転じたその動きを見て〝これは断じてゼロ戦ではない!〟と確信した。いや、P38に喰らい付いたその速さだけでなく、敵戦闘機の胴体はゼロ戦よりあきらかに太かったので、もはやこれは日本軍の新型戦闘機に違いなかった。

しかし、そのことをじっくり確認しているような余裕はない。今やヘンダーソン飛行場の上空では敵戦闘機が闊歩《かっぽ》し、その援護を受けて進入して来た敵急降下爆撃機の猛爆撃によって味方飛行場は痛々しいほどに蹂躙《じゅうりん》されていた。

飛行場のいたるところから黒煙が昇り、地上を突き刺す爆弾の炸裂音がとめどなく彼らの耳をつんざく。ドーントレスやアヴェンジャーは遠く南へ退避するだけで精いっぱいだった。

爆弾の炸裂音は二〇分以上も続き、そのたびに彼らの神経を逆なでする。しかし午前六時二五分ごろには音がおさまり、飛行場上空からようやく日本軍機が引き揚げて行った。

第一波攻撃隊は迅風一二機、流星一二機の計二四機を失いながらも、空戦でワイルドキャット二四機、Ｐ38ライトニング四機の計二八機を撃墜し、ガ島・米軍飛行場を大破した。

ヘンダーソン飛行場は滑走路を寸断されて一時着陸不能におちいったが、東に新設した戦闘機用の応急滑走路がまだ活きていたので、残存のアメリカ軍機はすべてそちらに着陸した。戦闘機の数はほぼ半減している。

いや、残る戦闘機も日本軍機との戦いで機体を破損しているものが多く、すぐに再発進可能な戦闘機はワイルドキャット一八機、ライトニング六機の計二四機となっていた。

ドーントレスやアヴェンジャーも東の応急滑走路に着陸した。ひとまず撃墜を免れて米軍パイロットの多くがほっと胸をなでおろしたが、彼らの受難はじつはまだ続いた。

午前六時五二分。未明にラバウル基地から飛び立っていた零戦四八機と一式陸攻四五機がガ島上空へ来襲し、さらに米軍飛行場を攻撃し始めたのである。

不運なことに、最初の空襲で基地の防空指揮所が破壊されており、米側の対応はあきらかに後れた。飛行場・奥の対空レーダーは新手の日本軍機を探知したものの、空襲警報の発令に手間取り、まったく間に合わなかったのだ。

それでも八機のワイルドキャットがおっとり刀で緊急発進に成功したが、多数のゼロ戦に包囲されて手も足も出ず、P38やドーントレス、アヴェンジャーの多くが、地上に居ながらにして爆撃を受け、ゼロ戦の銃撃にさらされた。

ラバウル航空隊は〝米軍は東に応急滑走路を建設中である〟とよく知っていた。ルンまた、第一機動艦隊の艦載機が先にガ島を空襲することも当然承知していた。

ガ岬の主要飛行場が大破しているとみるや、零戦や陸攻はそのまま東へ突っ切って、応急滑走路でたむろする米軍機をぬかりなく見つけ出した。

もはや地上の米兵に為すすべはなかった。

日本軍機の猛攻はまたもや三〇分近くにわたって続き、東の応急滑走路も大損害を受けた。アメリカ軍機の多くが地上で撃破され、飛行場のいたるところからもうもうと黒煙が昇っている。

午前七時二〇分にすべての日本軍機が上空から飛び去ったあと、すべての滑走路が見るも無残に破壊され、使用に耐えうるアメリカ軍機はワイルドキャット七機、P38ライトニング三機、ドーントレス一〇機、アヴェンジャー八機のわずか二八機となっていた。

「本日午後には戦闘機の発進が一応可能になるでしょうが、ドーントレスやアヴェンジャーの発進は絶望的です。全面復旧には少なくとも一週間は掛かると思われます」

これを聞いてガダルカナル島の基地司令はがっくりと肩をおとしたのである。

5

ガ島の〝米軍飛行場が大破した〟という知らせは、まもなくして空母「翔鶴」にも届いた。

――よし、上出来だ！　これで米空母部隊との戦いに専念できる！　やはり二航戦もガ島攻撃に出しておいてよかった……。

小沢は思わずひざを叩いてよろこんだが、戦いはまさにこれからが勝負だった。味方は少なからず基地攻撃に兵力を割《さ》いたので、必ずしも優勢とは言えない。空母数では米側を上まわっているはずだが、以後の采配によって形勢が不利にかたむくことも充分に考えられた。

小沢は人知れずふんどしを締めなおしたが、第一機動艦隊はすでにガ島の北方・約二二〇海里の洋上まで前進しており、ガ島を空襲した第一波攻撃隊も、幸い味方空母群のすぐ近くまで戻って来ていた。

しかし、まったく油断はならない。

午前七時三六分。空母群よりわずかに先行していた戦艦「大和」のレーダーがついに敵機の接近をとらえ、旗艦・空母「翔鶴」に通報してきたのである。

『南南東から敵機編隊が接近中！　その数およそ一〇〇機、距離・約八〇海里！』

報告が入るや、航空参謀の内藤中佐がただちに進言した。

「敵機編隊はあと四〇分ほどでわが空母群の上空へ進入して来ます！」

これにうなずくや、小沢は即座に命じた。

「即刻、迅風をすべて迎撃に上げよ！」

命令はすぐに伝わり、空母六隻の艦上から防空戦闘機隊の迅風が一斉に発艦を開始した。ちなみに軽空母三隻の迅風は攻撃隊に随伴し、すべて出はらっていた。

防空用に残されていた迅風は全部で八四機。それら全機がわずか八分足らずで発進し、南南東へ向けて飛んで行った。

そしてもう、そのころには味方空母群の上空へ第一波攻撃隊が帰投して来ており、九隻の母艦は休む間もなく攻撃隊の収容に取り掛かった。

着艦収容中は、母艦は直進せねばならず、回避運動が困難になるので、事は一刻を争う。流星より迅風のほうが航続距離が短いので、迅風の収容が優先された。また、すぐさまガソリンと銃弾を補充して、第一波の迅風を迎撃に上げる必要もあった。

幸か不幸か、出撃時より攻撃機の数が二四機ほど減っていたので、着艦収容作業はよほど負担が軽減された。午前七時五六分には第一波の迅風がすべて着艦し、内藤が小沢に報告した。

「このぶんですと、第一波の収容は午前八時二〇分には完了できそうです！」

ところが、小沢はここで、じつに思い切った命令を下した。

「流星に上空待機を命じ、各母艦から迅風五機ずつをただちに迎撃に上げよ！」

空母「翔鶴」では、最初に着艦した迅風が必要最小限のガソリンと銃弾を補充し、あと五分ほどで再発進できそうであった。小沢が〝第一波の迅風を迎撃に使う可能性がある〟ということをあらかじめ示唆《しさ》しておいたので、他の母艦でも同様の作業がおこなわれていた。かたや、上空待機を命じられた流星のガソリンはいずれも三〇パーセント程度は残っていたので、内藤は小沢の命令におとなしく従った。

空母九隻の艦上はどれもてんてこ舞いの忙しさとなっている。小沢が流星に上空待機を命じたときにはすでに、自軍艦隊の南南東・約四〇海里の上空で防空戦闘機隊の迅風八四機が、来襲した米軍攻撃隊の第一群を相手に、はやくも空中戦を開始していた。

小沢の再発進命令に応じることのできた迅風は結局四二機だった。帰投した迅風四八機のうちの六機は機体の痛みが激しく、すぐには飛び立つことができなかった。かたや準備の成った四二機は午前八時一六分にはすべて上空へ舞い上がった。

上空待機を命ぜられた九六機の流星は結局二〇分ほど待たされることになったが、第一波攻撃隊は往復で四八〇海里ほどの距離しか飛行しておらず、ガソリン切れとなるような機体はまだ一機もなかった。

八四機の迅風は南の空で懸命に米軍攻撃隊の足止めを図っている。最初に来襲した米軍攻撃隊・第一群の兵力はワイルドキャット二四機、ドーントレス五四機、アヴェンジャー一六機の計九四機だった。

じつは米軍攻撃隊は大きく三群に分かれて空中を進撃していた。

とくにイギリス海軍のアルバコア雷撃機は複葉機で、時速わずか一〇〇ノットの巡航速度しか発揮できない。へたに空中集合を強いて兵力を集中しようとすると、その他の機にガソリンの浪費を強要することになるので、彼らはバラバラに進撃してゆくしかなかった。

もとより攻撃距離がぎりぎりで、どの機種にも他機種に合わせるほどには燃料に余裕がなく、米軍攻撃隊は兵力の分散をしのんでバラバラに進撃せざるをえなかった。

迎え撃つ迅風は、結果的に各個撃破が可能となり、先行して迎撃に飛び立った八四機の迅風は、敵・第一群の前進を苦もなく阻《はば》んだ。それでも一二機の敵機を取り逃したが、続けて飛び立っていた四二機の迅風がこれを手玉に取り、第一群の米軍艦載機で日本の空母群上空までたどり着いたものは一機もなかった。

そのあいだに約半数の流星が各母艦へ着艦しており、小沢中将の采配は見事、的中するかのように思われた。ところが、おもしろいように敵機を蹴散らしたことで、迅風の搭乗員らに心のすきが生じた。直後に彼らは予想外の苦戦を強いられることになる。

続いて来襲した第二群の米軍攻撃隊はワイルドキャット二四機、ドーントレス五二機、アヴェンジャー四八機の計一二四機で編成されており、新たに進入して来た敵機のほうが断然数が多かったのだ。

一部の迅風は調子にのっていまだに第一群の敵機を追いまわしており、肝心の迎撃線は、一五海里ほど圧されて、自軍艦隊の手前・約二五海里の上空まで後退していた。さらに、さしもの迅風も敵・第一群との戦いで九機を返り討ちにされ、その数は合わせて一一七機に減っていた。

味方空母群との距離が近すぎて迅風は波状攻撃を仕掛けることができず、三六機の米軍攻撃機を取り逃してしまった。

すでに米軍攻撃機の多くが狙う空母の姿を眼下にとらえていた。そのため白面のパイロットは損害覚悟で突っ込み、多数の弾丸をあびながらも突入をあきらめなかった。

迅風の迎撃網をかいくぐった米軍攻撃機はドーントレス二二機、アヴェンジャー一四機の合わせて三六機。彼らは第一航空戦隊と第二航空戦隊の上空へ進入した。このとき一航戦と二航戦がわずかに南東寄りで航行しており、比較的速度の遅い三航戦だけが若干離れて行動、一航戦の北に位置していた。

進入に成功したとはいえ、三六機では、すべての空母に攻撃を仕掛けることはできない。しかも日本軍戦闘機が後ろから猛追して来る。

――とにかく、近くに居るヤツを攻撃するしかない！

意を決した米軍パイロットは手近な三隻に狙いを定めた。彼らに標的を選り好みしているようないとまはなかった。

狙われたのは空母「瑞鶴」「蒼龍」と軽空母「龍驤」だった。これら三隻が手前（東寄り）で航行していたのだ。

まず一二機のドーントレスが空母「蒼龍」の攻撃に向かい、残る一〇機は軽空母

「龍驤」の攻撃に向かった。そして、アヴェンジャー一四機は空母「瑞鶴」に襲い掛かろうと、にわかに低空へ舞い下りた。

狙われた三空母は一斉に回頭し始め、空母「瑞鶴」と「蒼龍」は左旋回に入り、その真ん中をゆく軽空母「龍驤」のみが右旋回でこの攻撃をかわそうとした。

日本の空母三隻はいずれも三〇ノット近くの高速で疾走している。そのため、投じられた爆弾は容易には当たらなかった。

けれども、攻撃開始から約五分後に、まず軽空母「龍驤」が爆弾一発を喰らった。その一〇〇〇ポンド爆弾は艦の奥深くまで達し、同艦の速度はみるみるうちにおとろえた。

残る二隻も決して無傷ではない。

続いて空母「蒼龍」も爆弾一発を喰らい、同艦は格納庫で火災が発生。空母「瑞鶴」は八本の魚雷を次々とかわしたが、九機目のアヴェンジャーが投じた、その魚雷がついに同艦の舷側を突き刺した。右舷中央から巨大な水柱が昇り、空母「瑞鶴」の速度は一瞬おとろえたが、それでもまだ同艦は速力二七ノットで航行していた。が、安心はできない。追い撃ちを掛けようと、残るアヴェンジャー五機がすかさず「瑞鶴」へ襲い掛かる。

しかし降下した三機の迅風が、アヴェンジャーの後方から猛烈な一連射を浴びせ掛け、魚雷の投下を阻止しようと急迫して来た。

それでも一機は「瑞鶴」へ向けて魚雷を投じたが、残るアヴェンジャー四機は完全に恐れをなして左へ急旋回、その行く手に現れた軽空母「龍驤」に急遽狙いを変更した。

空母「瑞鶴」へ向けて放たれた一〇本目の魚雷は、射角がまるでずれており、命中することはなかった。けれども、軽空母「龍驤」の速度はすでに二一ノットに低下しており、投じられた四本の魚雷をすべてかわすことはできなかった。

およそ二〇秒後、ちょうど右旋回を終えた「龍驤」の右舷舷側へ四本の魚雷が迫り、そのうちの一本が遭《あ》えなく命中、直後に同艦の船体が大きく揺さぶられた。いや、それだけではない。そこへ二発目の爆弾が命中し、軽空母「龍驤」はこれで万事休すとなった。

船体が大きく右へ傾斜して、軽空母「龍驤」は徐々に沈みつつある。もはや同艦が沈没するのは時間の問題だった。

やがて航行を停止して「龍驤」はもはや完全に戦闘力を喪失していたが、戦闘力を奪われたのはなにも「龍驤」だけではなかった。

艦上から昇る黒煙の影響で空母「蒼龍」に対する命中はしばらく途絶えたが、一番手で降下したドーントレスの爆弾が同艦の飛行甲板中央をまんまと突き刺し、二発の一〇〇〇ポンド爆弾を喰らった「蒼龍」は、速度が俄然一八ノットまで低下、飛行甲板も完全に破壊されてしまい、艦載機の運用がもはや不可能となっていた。

いっぽう、魚雷一本の命中で済んだ「瑞鶴」はいまだ戦闘力を保持していたが、空母「蒼龍」の受難はまだ続いた。

第二群の米軍攻撃機はまもなく上空から姿を消したが、それと入れ代わるようにして第三群が来襲。彼らもまた迅風に行く手を阻まれて、マートレット戦闘機六機と一八機ものアルバコア雷撃機を撃墜された。

しかしさしもの迅風も、立て続けに来襲した敵機をすべて撃退することはできず、六機のアルバコアに進入をゆるして、雷撃の投下を阻むことができなかった。

狙われたのは東で孤立していた空母「蒼龍」と軽空母「龍驤」だった。このとき「龍驤」はまだ海上に浮いており、アルバコア三機は〝とどめを刺す必要がある〟と判断し、これを雷撃した。

複葉のアルバコアは三機ずつに分かれて海面すれすれで両空母の舷側へと迫り、対空砲で一機を撃墜されながらも「龍驤」に魚雷一本、「蒼龍」にもまんまと魚雷一本を命中させた。

再度、魚雷を喰らった直後に「龍驤」はいよいよ艦体をささえきれなくなり、天を冲《ちゅう》するほどの水柱を上げてまさに轟沈《ごうちん》していった。

かたや「蒼龍」は消火に成功し、速度が二一ノットまで回復していたが、そこへ魚雷を喰らって速度がまたもや一二ノットまで低下、なんとか沈没だけは免れたもののの、第二航空戦隊司令官の角田覚治中将は空母「蒼龍」に北方への退避を命じたのである。

6

米軍艦載機の猛攻を受けて小沢・第一機動艦隊は、空母「瑞鶴」が中破、空母「蒼龍」も大破して戦闘力を奪われ、軽空母「龍驤」を敢えなく撃沈されてしまった。手痛い損害に違いないが、それでも小沢は勝利を信じて疑わなかった。

戦艦「大和」から〝敵機来襲！〟の通報があった直後に、小沢中将の旗艦・空母「翔鶴」が第二波攻撃隊の突撃命令を受信していたのだ。

第二波攻撃隊の総指揮官は蒼龍爆撃隊長の江草隆繁少佐だが、雷装の流星を率いて出撃していたのは翔鶴雷撃隊長の村田重治少佐だった。彼ら第二波攻撃隊の搭乗員は帝国海軍随一の精鋭ぞろいである。

第一機動艦隊はそのあと防空戦に忙殺されてしまったが、小沢中将以下、第一機動艦隊司令部のだれもが〝第二波攻撃隊が必ず米空母を撃破してくれる！〟と信じていた。

その期待にたがわず第二波攻撃隊は米空母群の上空をめざして難なく空中を進撃。彼らがワイルドキャット戦闘機の迎撃を受け始めたのは、母艦から発進してちょうど一時間後・午前七時二〇分ごろのことだった。

そろそろ〝敵艦隊に近いぞ！〟とみた江草少佐は、指揮下からあらかじめ制空隊の迅風四二機を割いて、本隊より先行させていた。

この予想がずばり的中し、まもなくして制空隊はF４Fの群れを発見、すかさず戦いを挑んだので、攻撃隊本隊が敵戦闘機から不意撃ちを喰らうようなことはなかった。

日米両軍戦闘機はほぼ同時に敵を発見し、まさに対等な状態で空中戦に入った。

とはいえ米側の迎撃戦闘機はワイルドキャット八〇機、シーハリケーン二四機の計一〇四機もいたので、制空隊の迅風は数の上で完全に劣勢に立たされた。

——しめた！　来襲した〝ゼロ戦〟は味方の半数ほどしかいない！

ワイルドキャットのパイロットはみなそう思い、よろこび勇んで〝サッチ・ウィーヴ〟でゼロ戦の編隊を蹴散らそうとした。

空母「ホーネット」から発進してこの迎撃戦に参加していたガルシア大尉も、そのうちの一人だった。彼はミラー少尉とペアを組み、真っ先に突撃を開始して一機の〝ゼロ〟にすかさず狙いを定めた。愛機の後方には、ミラー機がすこし距離をおいて、ぬかりなく追従している。

そのことを確認してからガルシア機が、ミラー機に〝ゆくぞ！〟と合図を送り、猛然と突っ込むと、そのゼロは垂直旋回でこの突撃をかわし、予想どおりガルシア機の後方へまわり込んで、ぐんぐん距離を詰めて来た。

——よし、敵はまんまと誘いに乗ったぞ！

ガルシアはそう確信すると、いよいよサッチ・ウィーヴを決意して、にわかに愛機の機首を突っ込み急降下を開始した。時速七〇〇キロメートルを超えるこの急降下に、ゼロは絶対に付いて来ることができないのだ。

かたやペアを組むミラー機は〝ここぞ！〟とばかりにそのゼロの後方へとまわり込み、追撃をあきらめたゼロが上昇へ転じるその瞬間を狙って、必殺の一撃を仕掛けることになっていた。

機首を突っ込んだ直後に、ガルシアがちらっと後方へ目をやると、ミラー機はまさに息ぴったりでゼロの背後へとまわり込んでいた。

この瞬間にガルシアは勝利を確信、あとは勢いに乗って愛機をぐんぐん降下させれば、上昇へ転じる前にミラー機がゼロ戦を粉砕してくれるに違いなかった。

しかしこのとき、すでにわなにはめられていたのはガルシア機のほうだった。

じつは、この〝ゼロ〟を操縦していたのは二航戦・制空隊の一員として空母「飛龍」から発進していた村中一夫一飛曹で、彼の乗る愛機はもちろん、零戦ではなく迅風だった。

彼が出撃前に一番心配していたことは、はたして〝最初の垂直旋回でF4Fの後方へまわり込めるか？〟ということだった。村中が迅風に乗って出撃するのはむろんこれがはじめてのことだったので、実際に戦場へ出て試してみるまでは、なかなかその確信が持てなかったのだ。

しかし、いざ、やってみると、零戦より旋回半径は大きいが、愛機は型どおりの垂直旋回で楽々とF4Fの後方へまわり込めた。

――ほう、迅風でも楽勝じゃないか……。

この瞬間に、逆に村中のほうこそが勝利を確信した。まんまと敵機の後ろを取ったのだから、あとは距離を詰めるだけ。村中は、愛機・迅風の急降下速度には、絶対の自信を持っていた。

そして今、戦場で戦うこの瞬間、ガルシア機と村中機の距離はおもしろいようにぐんぐん詰まっていった。

村中は愛機・迅風の頼もしさに、思わずニヤリとしたほどだ。ほどなくしてその距離は二〇〇メートルほどに縮まり、ガルシア大尉もさすがに焦燥感を募らせて〝これはおかしいぞ!?〟と気づき始めた。

ところが、愛機は完全に後ろを取られているため、敵機の様子をじっくり観察しているようなヒマがない。そうこうするうちに両機は海面近くまで降下し、追撃して来る日本軍戦闘機との差もいよいよ一六〇メートルまで縮まった。

――いかん、これは断じてゼロじゃない！　このままでは必ずやられる!!

せっぱ詰まったガルシアは、海面への突入を避けるためにも急激に機首をひき起こした。

これが功を奏して、ガルシア機は村中機の射弾を間一髪のところでかわした。が、村中の迅風もすかさず上昇に転じる。

一旦は愛機の射弾を寸でのところでかわしたので、このF4Fのパイロットは相当な腕の持ち主に違いなかったが、上昇力では断然、迅風のほうが勝っていた。

村中機は再びガルシア機の後方にぴたりとついて、距離が〝一五〇メートル！〟となったその瞬間、今度は容赦なく二〇ミリをぶっ放した。

その射弾が〝ビア樽〟のような機体に一直線となってすい込まれてゆく、とその直後、眼前のグラマンが突然火を噴き、粉々となって果てた。ガルシア大尉は、パラシュートで脱出する間もなく空中で散華したのであった。

空戦開始から一〇分ほど経つと、迎撃に上がっていた米側戦闘機はその数が三分の二ほどに激減していた。飛んでいるワイルドキャットは今や六四機で、シーハリケーンもわずか六機となっている。対して迅風は七機を失っていた。

残る制空隊の迅風三五機は徹底して敵戦闘機を追いまわしている。が、ワイルドキャットのパイロットもさすがに、これは〝日本軍の新型戦闘機だ！〟と気づき、その後は戦法を変えて、日本軍攻撃隊の本隊に攻撃を仕掛けて来た。

しかしその後も、制空隊の迅風が執拗にワイルドキャットやシーハリケーンを追いまわし、江草少佐の本隊に攻撃を仕掛けて来たワイルドキャットは、三〇機足らずだった。

本隊に手出しして来たＦ４Ｆの数は、実際には二八機。直掩隊の迅風一八機がこれを懸命に追いはらう。が、流星を護るという足かせをはめられた迅風は、一機で敵一機を追いはらうのが精いっぱいだった。

流星の機体はこれまでの艦爆や艦攻と比べるとおよそ頑丈だが、いまだ本格的には防弾、防火装置を備えてはいなかった。そのため、Ｆ４Ｆから攻撃を受けるたびに、流星はクシの歯がぬけ落ちるようにして徐々に数を減らされてゆく。

そのような攻撃が一〇分ほど続き、出撃時には一二〇機もいた流星だが、今やその数は九八機となっていた。

しかし、そのときにはもう、江草少佐は眼下の洋上に二つの空母群をとらえていた。はっきりと確認できる空母は四隻だ。むろん艦名までは知る由《よし》もないが、江草の目がとらえたのは、空母「エンタープライズ」「ホーネット」「サラトガ」「ロビン」の四隻だった。

このとき三つの米空母群は、第一六任務部隊と第一四任務部隊が西と東で並走するようにして北へ先行しており、第一八任務部隊の護衛空母二隻や旧式戦艦などは両任務部隊よりすこし後れて南に位置していた。

江草が目にした空母は確かに四隻だった。

ところが、彼がじつにすばらしいのは、はるか南の洋上でうごめく何隻かの敵艦は、もしかすると〝敵・第三群の一端ではないか？〟と直感で見抜いたことだった。

江草は直率する蒼龍爆撃隊の一八機のみでさらに南進し、その真偽を確かめることにした。じつに賢明な判断だが、すでに視界内に在《あ》る四隻の空母はいずれも、攻撃に値する〝堂々たる〟艦容を海に浮かべている。そこで江草は、自機を含む蒼龍爆撃隊の一八機をひとまず予備兵力とし、残る八〇機の流星で即座に、これら既発見の四空母を攻撃することにした。

『瑞鶴雷撃隊と隼鷹爆撃隊は東のサラトガ型をやり、飛龍爆撃隊と龍驤雷撃隊は西のホーネット型をやれ！　そして飛鷹爆撃隊と瑞鳳雷撃隊は西の英空母をやり、翔鶴雷撃隊は単独で東のエンタープライズ型を攻撃せよ！』

江草は、まず各飛行隊長に攻撃目標の指示を与えると、続いて〝午前七時三八分〟に突撃命令を発した。

『全軍、突撃せよ！』

そして、江草機の発したこの突撃命令が、小沢中将の座乗する、空母「翔鶴」の艦隊司令部にも届いていたのだった。

江草機が突撃命令を発するや、各飛行隊長は列機を誘導しながら、指示を受けた敵空母へ向けて一斉に突入して行った。

江草の観察眼はいかにも鋭く、彼は敵四空母の艦型をすべて言い当てていた。ただし、江草少佐も決して全知全能ではなく、西側で行動している米空母二隻（第一六任務部隊）のうち、船体の長い空母「ホーネット」のほうを、攻撃すべきより重要な〝当該任務部隊の旗艦〟とみたのは江草の誤りであった。

結果的にトーマス・C・キンケイド少将が座乗する空母「エンタープライズ」に対しては、翔鶴雷撃隊のみが攻撃に向かうことになった。

第二波攻撃隊／各飛行隊の攻撃目標

①翔鶴雷撃隊・流星一六↓エンタープライズ
①瑞鶴雷撃隊・流星一五↓サラトガ
①▽瑞鳳雷撃隊・流星五↓ロビン
②飛龍爆撃隊・流星一五↓ホーネット
②蒼龍爆撃隊・流星一八↓南へ捜索
②▽龍驤雷撃隊・流星五↓ホーネット
③飛鷹爆撃隊・流星一四↓ロビン

③隼鷹爆撃隊・流星一〇→サラトガ
③▽龍鳳雷撃隊（空戦により全六機を喪失）
※丸数字は所属航空戦隊、▽は軽空母

残る九八機のうち、雷装の流星は四一機、爆装の流星は五七機となっており、江草は、海兵五八期卒の同期で最も信頼できる村田重治少佐の雷撃隊を〝単独〟で「エンタープライズ」の攻撃に差し向け、それ以外の三空母にはいずれも爆撃隊と雷撃隊の両方を差し向けた。

ちなみに江草隆繁と村田重治はともに昭和一六年一〇月一五日付けで少佐に昇進しており、海兵五八期卒業時のハンモック・ナンバーは、江草が五九番、村田は七三番のため、江草隆繁のほうが先任となる。

真っ先に攻撃を受けたのは空母「サラトガ」だった。江草少佐は「サラトガ」への攻撃を最も重視しており、同艦には最多となる二五機の流星を攻撃に差し向けていた。瑞鶴雷撃隊の一五機と隼鷹爆撃隊の一〇機だ。江草が「サラトガ」を重視したのはあながち間違いではなかった。直近の空母決戦となった「第二次ソロモン海戦」では、フランク・J・フレッチャー中将が空母「サラトガ」に将旗を掲げていたからである。

隼鷹爆撃隊の一番機が逆落としとなって急降下を開始するや、空母「サラトガ」はありったけの対空砲を撃ち上げながら左へ急旋回し始めた。そのため同機の投じた爆弾は「サラトガ」の右舷海上へ至近弾となってそれたが、二番機の投じた爆弾が早くも同艦の飛行甲板前部を突き刺し、オレンジ色の爆炎が昇った。

その爆炎に邪魔されて三番機、四番機の投じた爆弾は命中しなかったが、五〇〇キログラム爆弾の破壊力はやはり抜群で、炸裂直後に右舷艦首付近の船体に亀裂が生じて、空母「サラトガ」の速度は瞬時に四ノットほど低下した。

そこへ右舷側から瑞鶴雷撃隊の六機が魚雷を投下。空母「サラトガ」は懸命の左大回頭で五本の魚雷を次々とかわしたが、ついに一本が同艦の右舷・舷側後部を突き刺し、その直後に「サラトガ」の速度は一気に二三ノットまで低下した。

もはやこうなるとしめたもの。いまだ攻撃を終えていない爆装の流星六機と雷装の流星九機がたたみ掛けるようにして一気に「サラトガ」へ襲い掛かり、わずか一〇分ほどの攻撃で、さらに爆弾二発と魚雷二本を空母「サラトガ」に命中させたのだった。

右舷に魚雷二本、左舷に魚雷一本を喰らい、空母「サラトガ」は、大量の浸水をまねいて右へ八度ほど傾き、艦内も火の海と化して速度がわずか八ノットに低下した。

艦長のジェラルド・F・ボーガン大佐は懸命の復旧をおこない、およそ一時間後には「サラトガ」の速度は一四ノットまで回復、火もすべて消し止めていたが、艦が右へ傾いて飛行甲板も甚大な被害を受け、空母「サラトガ」は艦載機の運用がおよそ不可能になってしまった。同艦に将旗を掲げていたデヴィット・C・ラムゼイ少将は「サラトガ」艦上で指揮を執り続けるのはむつかしいと判断し、やむをえず旗艦を戦艦「インディアナ」へ変更することにした。

「サラトガ」は大破して大損害を被《こうむ》ったが、米空母の受難はさらに続く。次に攻撃を受けたのは第一六任務部隊の空母「ホーネット」だった。

空母「ホーネット」には第二航空戦隊の飛龍爆撃隊一五機と龍驤雷撃隊五機が襲い掛かり、同艦は右への急旋回で日本軍機の攻撃をかわそうとしたが、飛龍爆撃隊を率いる小林道雄大尉は江草少佐の右腕とも言える男で、まさに帝国海軍を代表する急降下爆撃の名手だった。

小林機はまさに指揮官先頭で突っ込み、三〇ノット以上の高速で疾走する空母「ホーネット」に苦もなく最初の爆弾を命中させた。

そのあまりにも正確無比な爆撃に、「ホーネット」艦長のチャールズ・P・マッソン大佐は思わず舌を巻いて見とれるほどだったが、マッソンもさるもの、その後は投じられた魚雷をすべてかわして、空母「ホーネット」はなんとか最小限の被害で切り抜けるかと思われた。

ところが、左舷側から投じられた五本の魚雷はじつはすべておとりで、同じ戦隊を組む空母「飛龍」と「龍驤」の搭乗員は、こうした雷爆同時攻撃の演習を出撃前に何度も繰り返していたのだった。機数の少ない「龍驤」の攻撃機を思い切っておとりとして使い、練度の高い「飛龍」「蒼龍」の攻撃機でより高い命中率を上げよう、という訓練だった。

そして今、龍驤雷撃隊が左舷側から一斉に魚雷を投下すると、空母「ホーネット」は左への急速回頭でこれをかわそうとした。

けれども、この動きを完全に読んでいた飛龍爆撃隊が〝しめた！〟とばかりに立て続けに爆弾を投下。見事三発が命中して「ホーネット」の艦上は紅蓮《ぐれん》の炎につつまれ、同艦の行き足はみるみるうちにおとろえた。

連続で炸裂した五〇〇キログラム爆弾の威力はすさまじく、空母「ホーネット」は見るも無残に飛行甲板を破壊され、艦載機の発着艦がほぼ絶望的となった。速度も一時は一〇ノット以下に低下して、同艦は火を消し止めるのに二時間近くも掛かることになる。

空母「ホーネット」もまた大破に近い損害を被り、二つの米空母群はすでに大混乱となっていたが、日本軍機の猛攻はまだ続いた。

その次に攻撃を受けたのは、空母「ロビン」すなわちイギリス海軍の空母「インドミタブル」であった。

空母「ロビン」は東の空母群、空母「サラトガ」のさらに東を航行しており、同艦の攻撃には、飛鷹爆撃隊の流星一四機と瑞鳳雷撃隊の流星五機が向かった。

日本軍爆撃機がはるか西方上空から急接近して来ると、それに気づいた空母「ロビン」艦長のガイ・グランサム大佐（イギリス海軍士官）は、とにもかくにも〝面舵〟を命じて右旋回で回避運動に入った。ひとまず右へ回頭したその理由は、すぐ左（西）で行動していた空母「サラトガ」との衝突を避けるのが目的だった。

そしてなによりも、統一指揮を執るキンケイド少将は〝借り物〟の「ロビン」を危険にさらすわけにいかず、四空母のなかで敵から最も遠い位置に「ロビン」を配置していたのである。さらに言うと、日本軍空母艦隊との距離を詰めるために、キンケイドが一時、二四ノットへの増速を命じていたので、この時点で二隻の護衛空母は二〇海里ほど後方に後れていた。

それはともかく、狙う「ロビン」が東へ遠ざかるように高速で航行し始めたので、飛鷹爆撃隊はこれを〝逃すものか！〟と急いで追撃、その所為《せい》で、瑞鳳雷撃隊は後れをとってしまった。

爆装の流星は爆弾倉内に五〇〇キログラム爆弾を収めていたが、雷装の流星はそれが無理なので胴体下部に魚雷を懸吊《けんちょう》していた。そのため瑞鳳雷撃隊は、飛鷹爆撃隊の急加速に付いて行けなかったのだ。

結果的に、飛鷹爆撃隊のこの急加速が勇み足となって瑞鳳雷撃隊との連携攻撃がかなわず、瑞鳳隊が投じた五本の魚雷はことごとく「ロビン」にかわされてしまった。

連携には失敗したが、飛鷹爆撃隊はこの失策を取りもどそうと、残る搭乗員が命懸けとなって突入し、空母「ロビン」の飛行甲板へ二発の爆弾をねじ込んだ。

爆弾は二発とも飛行甲板を貫通したが、イラストリアス級空母の飛行甲板には七六ミリの装甲が施されており、爆弾の勢いは途中で弱まって上部格納庫で炸裂、被害が艦内深くまで達するようなことはなかった。

空母「ロビン」は、被弾後も速力二八ノットで走り続けており、およそ四〇分後には飛行甲板の応急修理も終えて、同艦はいまだ充分に戦闘力を維持していた。

そして、先行する四空母のなかで最後に攻撃を受けたのが、キンケイド少将自身が座乗する、空母「エンタープライズ」だった。

くり返しになるが、第一六任務部隊の旗艦・空母「エンタープライズ」の攻撃には村田雷撃隊の流星一六機が向かっていた。

そもそも高速で疾走する空母に魚雷を命中させるのは至難の業で、雷撃機はまさに撃墜を覚悟して的艦に肉迫しなければならない。まずは急降下爆撃で的艦の速力を奪っておき、速度の低下したところを雷撃でとどめを刺す、というのが一般的な攻撃法だが、江草は、百戦錬磨の村田雷撃隊なら〝このむつかしい仕事を必ずや成し遂げてくれる！〟と信じていた。

その期待にたがわず、村田雷撃隊は海面をなめるような超低空飛行で「エンタープライズ」の左右両舷から挟撃、これ以上ないほど接近してから必殺の魚雷を投下した。

しかし、三〇ノット以上の高速で疾走し続ける的艦に魚雷を命中させるには、ある程度の射角差を設けて魚雷を投下せざるをえず、さしもの村田雷撃隊といえども、二本の魚雷を命中させるのが精いっぱいだった。

およそ一五分に及ぶ攻防の末、空母「エンタープライズ」の舷側からついに、巨大な水柱二本が昇った。

村田雷撃隊は見事、江草少佐の期待に応えたといえるが、「エンタープライズ」艦長のオズボーン・B・ハーディソン大佐が巧みな操艦で魚雷を回避したため、二本の命中魚雷を片舷に集中することはできなかった。

空母「エンタープライズ」は、左右両舷に魚雷一本ずつを喰らったものの、いまだ二六ノットで航行している。

「艦載機の発着艦に支障はありません！」

ハーディソン艦長がそう報告すると、キンケイド少将はこれに大きくうなずいたのである。

いっぽう、南へ捜索に向かった江草少佐の蒼龍爆撃隊は、一〇分と経たずして第三の敵空母群を発見した。

そこにもまた二隻の敵空母が存在し、江草は一瞬〝しめた！〟と思ったが、さらに近づいてよく見ると、その二隻は小型の改造空母ではないかと気づいた。江草はすこしがっかりしたが、ほかの飛行隊は自分の指示に従ってすでに攻撃を開始している。あとは彼らが戦果を挙げると信じて、江草は〝この二隻を攻撃するしかない！〟とみずからに言い聞かせた。

——二線級の補助空母二隻とはいえ、その航空兵力は中型空母の一隻分に相当するだろう。せっかく見つけ出したのだから、これを生かしておく手はない！

江草はそう決心すると、すかさず隊を二つに分けて、攻撃を急いだ。なぜなら、南へ余計に飛ぶことになった蒼龍爆撃隊は、敵戦闘機数機から執拗に追撃を受けて、すでに流星三機を失っていたのである。

江草隊を守る迅風も徐々にその数を減らしているので、もはや一刻の猶予もならない。

「全機、突撃せよ！」

江草はただちにそう命じるや、小井出護之《こいでもりゆき》大尉が率いる第二中隊の七機を手前の小型空母へ差し向け、みずからは第一中隊の八機を直率して奥の小型空母へ襲い掛かった。

こうして流星が一斉に降下し始めると、二隻の敵空母は左右へ分かれてこの攻撃をかわそうとしたが、やはり二隻とも二線級の補助空母に違いなく、その動きはいかにも緩慢だった。

指揮官先頭、江草機は真っ先に逆落としとなって降下し、狙う米空母にまがうことなく最初の爆弾を命中させた。

江草機から爆撃を受けたのは護衛空母「スワニー」だった。同艦はあっという間に黒煙に包まれて、速度が一気に九ノットまで低下した。

狙う空母があまりにも急激に減速したため、二番機、三番機の投じた爆弾は「スワニー」の前方へ大きくそれた。それを見て第二小隊の一番機は爆撃のタイミングをすこし後らせたが、それでもまた爆撃をしくじった。

立ち昇る黒煙があまりに激しくて、なかなか空母の姿を確認できない。しかも「スワニー」の速度はさらに六ノットまで低下していた。そうとは知らずに突っ込んだ第二小隊の二番機も至近弾をあたえただけに終わり、さすがの江草もにわかに顔をしかめた。

――なんだ、四機連続でしくじるとは……、大丈夫か？

しかし、ようやく第二小隊の三番機がもう一発を叩き込み、その直後に、その米空母は轟音を発して船体が真っ二つに裂け、どす黒い重油の海へ呑みこまれるように沈没していった。

そのすさまじい光景を目《ま》の当たりにして、江草はつくづく思った。

――命中したのが二五番（二五〇キログラム爆弾）なら、敵空母もこうあっさりとは沈んでおらんだろうな……。

江草はまだ眼を見開いて重油の輪を見つめていたが、海上から瞬時に獲物が消えたので、第一中隊の残る二機は空母「サンティ」に標的を変更することになった。

そして案の定、こちらのほうにも、爆弾一発は命中させていたが、なかなかとどめを刺せずに苦労していた。もう一隻の敵空母（サンティ）はもはや徐々に沈みつつある様に見えるが、定かではない。微速で動いている様にも見えた。やはりもう一発を命中させて、確実に沈めておくに越したことはない。けれども残る攻撃機は、第一中隊の二機を加えても、全部で三機となっていた。

江草も少々不安になって、とっさに指示をあたえた。

「おい、あせるな！　ゆっくりやれ！」

この助言が利いたに違いなく、まさにしんがりで突っ込んだ第三小隊の二番機が、降下角をすこし浅めにとって突入し、ようやくもう一発の爆弾を二隻目の米空母へねじ込んだ。

じつは、護衛空母「サンティ」は二発目の爆弾を喰らう前にすでに沈みかけていた。機関が停止して惰性で動いていたのだが、さらにもう一発を喰らっていよいよ右へ横転し、艦内でもう一度大きな爆発を起こして護衛空母「サンティ」もまた波間へ消えていったのである。

結局、敵空母は六隻もいた。第二波攻撃隊が沈めた敵空母は護衛空母の二隻にとどまったが、主力空母二隻を確実に大破して、もう二隻にも中破の損害をあたえた。対して第一機動艦隊は、軽空母「龍驤」を撃沈されて、空母「蒼龍」が大破し、空母「瑞鶴」が中破に近い損害を受けている。江草機から入電した戦果報告を聞いて、空母「翔鶴」艦上の小沢中将は、味方のほうがより多くの敵空母を撃破したと思い、戦いを〝優位に進めつつある！〟と確信したのである。

第二波攻撃隊が米艦隊上空から完全に離脱して江草機が戦果報告を打電したとき、時刻はちょうど午前八時四五分になろうとしていた。

7

空母「瑞鶴」は中破したが戦闘力を維持しており、第一機動艦隊の空母七隻が第一波攻撃隊の流星を収容し終えたのは午前八時五二分のことだった。戦闘可能な空母七隻は迎撃に上げていた迅風も一旦すべて収容する必要があり、第二撃を仕掛けるのはそれからのことになる。

小沢中将の戦闘意欲はいっこうにおとろえておらず、むろん第三波攻撃隊を放って米空母部隊に第二撃を仕掛けるのだ。迎撃に上げた迅風の収容は午前九時八分には終了した。

第一機動艦隊は防空戦で二四機の迅風を失っており、この時点で空母七隻の艦上には迅風一〇二機、流星八一機、二式艦偵一三機の計一九六機が残っていた。

問題は敵が第二次攻撃を仕掛けて来るかどうかだが、米空母部隊はその持てる全航空兵力をはたいて先の攻撃を仕掛けて来たに違いなく、小沢中将は敵艦載機が再び来襲する恐れは〝しばらくない〟と判断し、航空参謀の内藤中佐もこの考えに同意していた。

「より多くの迅風を攻撃に使うべきです」

小沢は内藤の進言にうなずいたが、さらにもうひとつだけ確認した。

「爆撃を重視すべきか、はたまた雷撃を重視すべきか、流星はどちらにも使える。むろんもう一度米空母をやるが、敵は四隻。すでに四隻ともかなりの手傷を負っているとみるが、第三波の兵装をどうする？」

内藤はすこし考えてから答えた。

「雷撃重視でいきましょう。戦闘機を多めに付けますので、雷装の流星でもなんとか敵の防空網を突破できるでしょう。とはいえ、すべて雷装というわけにもまいりませんので、およそ三分の一を爆装にするのが妥当かと思います」

「うむ。よかろう」

小沢がうなずいたので、これで第三波の攻撃方針は決まった。そして、第三波攻撃隊は午前一〇時を期して発進してゆくことになった。

第三波攻撃隊／攻撃目標・残存米空母四隻

　第一航空戦隊

　　空母「翔鶴」／迅風一二、流星一五（爆）

　　空母「瑞鶴」／迅風一二、流星一二（爆）

　　軽空「瑞鳳」／迅風六、流星六（雷）

　第二航空戦隊

　　空母「飛龍」／迅風一二、流星一二（雷）

　第三航空戦隊

　　空母「飛鷹」／迅風九、流星一二（雷）

　　空母「隼鷹」／迅風九、流星一二（雷）

軽空「龍鳳」／迅風六、流星六（雷）
第三波攻撃隊の兵力は迅風六六機、爆装の流星二七機、雷装の流星四八機の計一四一機。艦上に在る流星は八一機だったが、六機は修理が必要なため、出撃数は七五機で我慢することにした。

小沢中将は米艦隊との接触を保つために、午前九時一五分に六機の二式艦偵を索敵に出した。

そして、午前一〇時には予定どおり第三波攻撃隊の発進準備が整い、小沢中将はただちに発進の許可をあたえて、その全機が午前一〇時一五分までに飛び立って行った。

ちょうど、そのころにはもう第二波攻撃隊が味方空母群の上空へ帰投して来ており、七隻の母艦はほとんど休む間もなくそれら帰投機の収容を開始し、午前一〇時五二分には第二波攻撃隊の収容も完了した。

それと相前後して午前一〇時三三分には、索敵に出していた二式艦偵の一機から報告が入り、敵空母四隻はいまだ南南東・約二〇〇海里の洋上で行動していることがわかった。

来襲した米軍艦載機は午前八時四〇分過ぎに第一機動艦隊の上空から引き揚げていたが、とくにアヴェンジャー雷撃機やアルバコア雷撃機は巡航速度がおそく、空母「エンタープライズ」と「ロビン」はそれら攻撃機をすべて収容するのに午前一一時過ぎまで掛かるのであった。アルバコアは二〇〇海里の距離を戻るのにたっぷり二時間ほど掛かり、空母「サラトガ」と「ホーネット」が着艦不能となっていたため、空母「エンタープライズ」と「ロビン」はほかの母艦から発進した攻撃機まで収容する必要があった。

二式艦偵の報告によって、米空母四隻がいまだ二〇〇海里内外の攻撃圏内で行動しているとわかり、小沢中将は〝好機到来！〟とばかりに喜色を浮かべた。

戦艦「大和」からはなんの報告もなく、敵の攻撃隊が来襲するような気配はない。小沢がひざを打って喜ぶのも当然で、これは攻撃をたたみ掛ける、またとない絶好の機会であった。

小沢は、帰投して来た第二波の攻撃機に再兵装を命じ、第四波攻撃隊の準備を始めた。けれどもその準備が完了するのは午前一一時四五分ごろのことになる。そこで小沢は、またもや二式艦偵に索敵を命じ、艦上に残る艦偵七機が午前一一時に発進して行った。

しかしそのころにはもう、米軍機動部隊指揮官のトーマス・C・キンケイド少将は完全に戦意を喪失していたのである。

8

戦艦「サウスダコタ」の対空レーダーが日本軍機の接近を再びとらえたのは午前一〇時四二分のことだった。

この時点で二隻の母艦はいまだ第一次攻撃隊の収容を終えておらず、キンケイド少将はこの瞬間にはっきりと負けを悟った。幸いにしてワイルドキャット戦闘機はすべて収容していたので、キンケイドはアヴェンジャーやアルバコアの収容を後回しにしてでもワイルドキャットを迎撃に上げるしかなかった。

ヌーメアの司令部はこの期に及んでもまだ〝ジャップを叩きのめせ!〟と叫んでいたが、キンケイドとしてはまったくそれどころではなかった。空母「エンタープライズ」と「ロビン」の艦上に残っていた戦闘機はワイルドキャット六八機、マートレット八機、シーハリケーン二機の合わせて七八機だったが、シーハリケーン二機はまったく使いものにならず、ワイルドキャット一〇機とマートレット四機もすぐには飛び立てるような状態ではなかった。ワイルドキャットやマートレットはそれなりに迅風とも戦えたが、シーハリケーンでは迅風にまったく歯が立たなかった。キンケイドはとにかく、ただちに発進可能な六二機をすぐさま迎撃に上げた。

空母「ロビン」もワイルドキャットを収容していたので、空母「エンタープライズ」の艦上からワイルドキャット三四機が飛び立ち、空母「ロビン」の艦上からマートレット四機とワイルドキャット二四機が緊急発進した。

これら六二機の迎撃戦闘機は午前一〇時五六分までに発進。結局「エンタープライズ」と「ロビン」がアヴェンジャーやアルバコアの収容を完了したのは午前一一時八分のことだった。

そして帰投機の収容が完了するや、トーマス・C・キンケイド少将はまったく迷うことなく、独断で、麾下全艦艇に戦場から撤退するよう命じたのである。

キンケイドのこの決断により、空母「エンタープライズ」と空母「ロビン」及びその随伴艦は、二六ノットの高速で戦場から離脱することになった。しかしながら、空母「サラトガ」と空母「ホーネット」及び両艦の護衛に残された駆逐艦四隻は、ガ島・北東の洋上でほとんど置き去りとなってしまう。

戦艦「サウスダコタ」のレーダーがとらえた日本軍艦載機の編隊は、言うまでもなく小沢中将の放った第三波攻撃隊だった。

迎撃に飛び立った米軍戦闘機六二機の最大の任務は、来襲した日本軍の第三波攻撃隊をいかにして〝足止めするか〟ということだった。空母「エンタープライズ」や「ロビン」が戦場から離脱できるかどうかは、彼ら迎撃戦闘機隊のはたらきに掛かっていた。キンケイド少将は念には念を入れて二段構えの迎撃策を採った。六二機のうちのワイルドキャット八機を、空母「エンタープライズ」直上の護りに残しておいたのだ。

彼ら迎撃戦闘機隊もすでに、来襲した日本軍の戦闘機は〝ゼロ戦ではない〟と悟っていた。彼らはいよいよ戦法を変えて、日本軍新型戦闘機との空戦を徹底的に避け、その進軍を妨害しつつ日本軍の雷撃機や爆撃機のみに執拗な攻撃を加えることにした。

これが功を奏して、迎撃戦闘機隊はワイルドキャット一〇機とマートレット二機を撃墜されながらも、日本軍攻撃隊をたっぷり二〇分ほど足止めすることに成功。日本側は二〇分のあいだに迅風二機と流星一二機を失っていた。

しかし、もうそのころには第三波攻撃隊は洋上に二隻の米空母をとらえており、第三波攻撃隊を率いる関衛《せきまもる》少佐は即座に、まずは〝これら二隻を攻撃すべきだ!〟

と判断した。しかし、米空母は全部で四隻いるはずだ。関少佐ももちろんそのことを承知していた。

一二機の流星を撃墜されて、この時点で関少佐の指揮下には、爆装の流星二四機と雷装の流星三九機が残っていた。関はもう一度、周辺洋上をよく確認してみたが、残る米空母二隻の姿はいっこうに見えない。その間も米軍戦闘機が執拗に攻撃を仕掛けて来るので、彼は急いで攻撃方針を決めなければならなかった。

——くそっ！　なんとしても残る二隻を探し出す必要がある！　よし、一か八か爆装の流星だけで、南を捜索してやれ！

とっさにそう決意すると、関は、眼下をゆく二隻の米空母に対して雷撃隊の三九機を攻撃に差し向け、みずからは残る爆撃隊の二四機を率いて南へ急ぐことにした。そして、攻撃隊を守る六四機の迅風はちょうど半分ずつ、均等に三二機ずつを二隊に分けて、雷撃隊にも爆撃隊にも随伴させることにした。

そうと決まれば、ぐずぐずしておられない。関は即座に突撃命令を発し、雷撃隊に向けて攻撃を許可した。

『雷撃隊のみ、突撃せよ！』

これは確かにぎりぎりの選択だった。吉と出るか凶と出るか、それはだれにもわからない。だが眼下の米空母二隻はもはや速度がかなり低下しているようなので、三九機の雷撃機を攻撃に差し向ければ、とにかく〝この二隻は沈められる！〟と関は判断した。

そして彼のこの判断は正しく、雷撃隊はおよそ二〇分に及ぶ猛攻の末に、空母「サラトガ」にも空母「ホーネット」にも魚雷二本ずつを命中させて、両空母を海上から葬り去るのであった。第三波の搭乗員の練度は、第二波の搭乗員の練度より若干劣っていたが、速度の大幅に低下した両空母をやり損ねるようなことはなかった。

空母「サラトガ」と「ホーネット」を見事撃沈し、関の読みに狂いはなかったが、彼には雷撃隊の攻撃を確認しているようなヒマはなかった。

なんと驚くべきことに、米軍戦闘機のそのほとんどが眼下の空母を護らず、関の爆撃隊に攻撃を集中して来たのだ。

爆装の流星は関機を含めて二四機。その周囲を三二機の迅風が守っていたが、四〇機以上もの米軍戦闘機がしつこく追撃して来る。これにはさすがの関も弱った。が、ほとんど全部の敵戦闘機がこれだけ執拗に追撃して来るということは、南進するその先に〝米空母がいるに違いない！〟と関は確信した。

しかし結果論だが、護衛の迅風を均等に分けたのは間違いだった。分派した迅風三二機を今さら呼ぶ戻すこともかなわず、護衛戦闘機の運用に関しては、関の判断は完全に〝凶〟と出た。

爆撃隊を守る迅風三二機は、追いすがるグラマンをそれこそ必死になって撃退してくれているが、敵戦闘機はまさに死にもの狂いとなって波状攻撃を仕掛けて来る。関の爆撃隊は、迅風のおかげで一〇機ほどの敵戦闘機を返り討ちにしたが、わずか五分ほどのあいだに迅風二機と流星八機を撃墜されていた。

されど、米空母の姿はまだ見えない。グラマンは狂ったように追いすがり、なおも波状攻撃を仕掛けて来る。そして次の瞬間、関機もついに射撃を受け、ぶきみな命中音で〝機体に穴が開いた〟と関も悟った。ひたいに脂汗がにじむ。

どうやら今の一撃で、さらに数機がやられたに違いなく、直率する流星の数はもはや一二機に激減していた。関はたまらず〝ここが勝負！〟とばかりに大声で命じた。

「速力二七〇ノット！　燃料を気にするな！」

命令は瞬時に伝わり、一二機の流星は時速五〇〇キロメートルまで一気に加速した。このようなむちゃな飛び方はいつまでもやれないが、もはや背に腹はかえられなかった。

グラマンは流星のこの急加速にとっさには付いて来られず、敵の射撃は一旦止んだ。しかしながら、敵戦闘機のほうがやはり速度は上で、後方からぐんぐん迫って来る。迅風も懸命にそれを阻止しようとしてくれているが、二機のグラマンが迅風の射撃を寸でのところでかわして猛然と突っ込んで来た。

だがその瞬間、関はついに敵空母二隻の姿を洋上に認めた。二隻の敵空母は大きな弧をえがきながら左へ旋回、東へ向けて遁走《とんそう》をくわだてようとしている。距離はまだ二万メートル近く離れていた。が、関は意を決して命じた。

「全機、突撃せよ！」

空母は二隻いるが、いちいち攻撃目法の指示をあたえているような時間はなかった。現に一機がグラマンに喰われ、流星の数はもはや一一機となっていた。敵戦闘機に喰われる前に、攻撃しやすいほうの空母を各機に選ばせ、一か八かで突っ込んでゆくしかなかった。

だが、関自身はあくまで冷静だった。さらに接近してゆくと、二隻の敵空母のうちの一隻はおよそ見慣れない艦型をしていた。後ろの方を航行しているヤツは、米空母にしては飛行甲板があきらかに短く、その瞬間に関はハッと思った。

――こ、これはイラストリアス級の英空母だ！

そう気づくや、関の獲物は瞬時に決まった。

前をゆくヤツはヨークタウン型の米空母に相違ないので、彼に〝英空母を攻撃する〟という発想はまったくなかった。関は全機に〝米空母を攻撃するよう命じるべきか〟と一瞬迷ったが、それをとっさに思いとどまった。さらに一機がグラマンに喰われて味方は一〇機に減っていたし、なんと米空母の直上では、さらに八機のグラマンが〝よだれを流す〟ようにして関機らの進入を待ち構えていたからである。

そこへ〝突っ込め！〟と命じるのは、すなわち列機に〝死を宣告する〟ようなものだった。

彼はぐっと命令を呑み込んだが、関自身の決意には寸分のゆるぎもなかった。彼はとっさに後部座席を振り向いて、偵察員として同乗する中定次郎《なかさだじろう》飛曹長の顔を見た。

中はその意を察して、先に宣言した。

「覚悟は出来ております！」

これに大きくうなずくや、関は機首を引き上げ愛機を一旦上昇させた。八機のグラマンはこの動きに不意を突かれて、前下方から猛然と突き上げて来る。

が、関機も時速二七〇ノットの高速で飛ばし続けているので、グラマンの射撃はなかなか当たらない。あっという間に距離が縮まり、関機は米空母のほぼ真上に出た。

「命の捨て場所、見つけたり！　ござんなれ！」

そう大喝するや、関少佐は機首を猛然と突っ込み、そのまま逆落としとなって一気に狙う飛行甲板へと吸い込まれて行った。

狙われたのはもちろん空母「エンタープライズ」だった。結局、関機を含めて六機が「エンタープライズ」の攻撃に向かい、四機が「ロビン」の攻撃に向かっていった。

降下角はなんと八〇度を超えていた。関機は地面と垂直、まさに逆落としとなって空母「エンタープライズ」の飛行甲板・ど真ん中へ、機体ごと突入していった。

「天皇陛下、バンザイ！」

グラマンの猛追によって尾部から炎を吐いていたが、爆弾倉にまもられた五〇〇キログラム爆弾をしっかりと抱いたまま、関機は「エンタープライズ」の飛行甲板中央を串刺しにした。

関機以外の投じた爆弾は空母「エンタープライズ」にも空母「ロビン」にも命中

しなかった。いや、爆弾を投じる前に五機がワイルドキャットによって撃墜され、四機は爆弾の投下には成功したが一発も当たらず、残る一機が空母「エンタープライズ」に体当たり攻撃を敢行した。

残る一機とは言うまでもなく関少佐の流星。同機は爆弾をしっかり抱いて、「エンタープライズ」の艦内奥深くまで突っ込み大爆発を起こした。その光景を目の当たりにして空母「エンタープライズ」の艦上は時が止まったように凍りつき、キンケイド少将もいったいなにが起きたのかすぐにはわからず、口をあんぐりと開けていた。

コンマ何秒の出来事だが、飛行甲板中央が裂けるようにして盛り上がり、その裂け目からオレンジ色の爆炎が噴出して、空母「エンタープライズ」の艦内がたちまち業火《ごうか》につつまれた。いや、それだけではない。同艦は、消火もままならず瞬時に戦闘力を奪われ、速度もたちどころに一六ノットまで低下した。

事実上、この捨て身の一発で空母「エンタープライズ」の命運は決まった。速度の低下した「エンタープライズ」は、他艦から大きく後れを取ってしまい、一時間後にはようやく消火に成功、速度も二二ノットまで回復したが、ガ島の北東海域から離脱することは永久にできなかった。

第一機動艦隊の各空母は第四波攻撃隊の準備を急いでおり、なかでも空母「飛龍」に座乗する角田覚治中将は速力三一ノットを命じて南へ向けて猪突猛進《ちょとつもうしん》、それにつられて小沢中将も艦隊の進撃速度を二六ノットに上げるよう命じていた。艦隊をあずかる小沢としては軽空母「龍鳳」の速度を無視することはできなかった。

日本軍の空母七隻が一斉に南下したため、第四波攻撃隊の出撃準備が完了した午前一一時四五分の時点で、空母「エンタープライズ」と第一機動艦隊の距離はいまだ二三〇海里ほどしか離れていなかった。戦場からの離脱に失敗した「エンタープライズ」は、第四波攻撃隊の猛攻にさらされて爆弾三発と魚雷四本を喰らってついに轟沈。

キンケイド少将はかろうじて艦上から脱出したが、歴戦の空母「エンタープライズ」は、数々の武勲もむなしく、南海の藻屑《もくず》となってこの世から永久に姿を消したのである。それは、一九四三年二月一九日・ガダルカナル島現地時間で午後二時一二分のことだった。

母艦の空母「翔鶴」へ帰投後、第四波の雷撃隊を率いて「エンタープライズ」にとどめの魚雷を命中させた村田重治少佐は、艦橋に上がって戦果を報告したあと、目頭を熱くして小沢中将につぶやいた。

「我ら雷撃隊は最後に背中を押したまで。実際にはマモ（関衛少佐）が沈めたようなものです！」

村田重治、江草隆繁、関衛の三名は兵学校の同期で、そのことをよく知る小沢は、小さく何度もうなずき、村田の肩にそっと手を置いた。実際に彼ら搭乗員の献身的な活躍がなければ、この勝利は到底なかった。

小沢はそのことを身に染みて感じていたが、ガ島奪還作戦はいまだ継続中であり、米軍との飽くなき戦いはなおも続くのである。

コスミック文庫

超雷《ちようらい》爆《ばく》撃《げき》機《き》「流星《りゆうせい》改《かい》」1
独逸からの贈り物!

2024年9月25日　初版発行

【著 者】
原《はら》　俊雄《としお》

【発行者】
佐藤広野

【発 行】
株式会社コスミック出版
〒154-0002 東京都世田谷区下馬 6-15-4
代表　TEL.03(5432)7081
営業　TEL.03(5432)7084
FAX.03(5432)7088
編集　TEL.03(5432)7086
FAX.03(5432)7090

【ホームページ】
https://www.cosmicpub.com/

【振替口座】
00110-8-611382

【印刷／製本】
中央精版印刷株式会社

乱丁・落丁本は、小社へ直接お送り下さい。郵送料小社負担にてお取り替え致します。定価はカバーに表示してあります。

ISBN978-4-7747-6594-5 C0193

COSMIC
戦記文庫

長編戦記シミュレーション・ノベル

令和の男が時空転移
最新技術で歴史改変！

帝国時空大海戦 全3巻　**羅門祐人** 著

定価●本体900円＋税

定価●本体880円＋税

定価●本体900円＋税

絶賛発売中！

お問い合わせはコスミック出版販売部へ！
TEL 03(5432)7084
https://www.cosmicpub.com/